W0350074

Carine Paquin

L'asile du Nord

Kennes

Kennes
Éditeur
de coups de cœur

Retrouvez-nous sur www.kenneseditions.com
Rejoignez-nous sur notre page Facebook : www.facebook.com/KennesEditions
Suivez-nous sur notre compte Instagram : kenneseditions

Publié avec les autorisations des Éditions Boomerang inc.,
Québec, Canada

Auteure : Carine Paquin
Couverture et graphisme : Karine Côté
Images intérieures : Shutterstock, archives personnelles et sources citées

Rue de la Blanche Borne 15
6280 Gerpinnes (Loverval) – Belgique

Légère adaptation : Cassandre Sobieski

Dépôt légal : juin 2021 – D/2021/13.105/102

ISBN : 978-2-3807-5431-5
NUART : 59-3048-3

Imprimé en Europe

À mes amis qui m'ont aidée
dans l'écriture de cette série :

D.M., qui a grandi comme moi à Malartic,
la ville qui a forgé l'enquêteur qu'il est aujourd'hui ;

V.V., qui se soucie de la sécurité et du bien-être des
enfants et des familles qu'elle aide à reconstruire ;

A.B., qui tente chaque jour d'apaiser
les douleurs intérieures des autres.

MOT DE L'ÉDITEUR

L'équipe d'édition tient à vous rappeler que madame Carine Paquin décrit, à sa façon, des événements passés qui lui ont été racontés concernant sa ville natale. Elle nous montre sous un angle différent une réalité parallèle à ce que les historiens racontent. Ce qui est présenté dans la série *L'asile du Nord* n'a jamais été cautionné par la ville elle-même. Cette version de l'histoire, jusqu'à maintenant inconnue de plusieurs, est, selon l'auteure, si choquante qu'elle mérite d'être racontée, et nous sommes aussi de cet avis.

HISTOIRE BASÉE SUR UN FAIT VÉCU

Cette série s'adresse à ceux et celles qui en ont assez de vivre dans l'ignorance et qui sont suffisamment forts psychologiquement pour comprendre qu'en réalité, le monde tel qu'on le connaît n'est qu'une histoire qu'on raconte. Une histoire qu'on a le choix de croire ou non. Ce livre vous présente une autre version de cette même histoire. Une version un peu plus noire.

« Simone » est le troisième tome de la série *L'asile du Nord*, qui se lit dans l'ordre ou le désordre. Je dois avouer que je ne pensais jamais que je réveillerais autant de souvenirs enfouis en racontant mes récits. Une chose est certaine : beaucoup de Malarticois en ont assez de garder le silence, et les proches de Camille, de William et maintenant de Simone ont enfin décidé de parler. Même si plusieurs oublient le passé qui tend à vouloir s'effacer, d'autres au contraire le gardent en mémoire et vivent dans la tourmente.

Si je raconte publiquement cette version, c'est à la fois pour me libérer de ces histoires qui me hantent depuis des années et pour délivrer la ville de Malartic du silence qui pèse sur elle. Parce qu'en gardant le secret, on s'isole, et alors la solitude finit toujours par nous avaler.

Voici le dernier événement recensé (à ce jour) qui laisse un goût amer aux habitants de la ville de mon enfance. Un dessein caché, des vies brisées et une patiente de plus à l'hôpital psychiatrique de Malartic.

Je m'octroie une nouvelle fois le droit de déterrer le passé et de creuser dans cette mine de secrets bien gardés.

Carine

PRÉFACE

PRÉFACE

Malartic est une petite ville minière fondée en 1939 dans la région de l'Abitibi-Témiscamingue, dans le nord du Québec, au Canada. Certaines légendes racontent qu'une malédiction plane sur la ville depuis que sa première église a été emportée par les flammes en 1946, moins de dix ans après l'inauguration officielle de la ville.

Parmi les événements qui viennent corroborer cette rumeur de malédiction, il y a la tragédie de la mine East Malartic, qui survient le 24 avril 1947. Ce jour-là, un feu éclate à 300 mètres sous terre. Au cours de l'incendie incontrôlable, douze mineurs prisonniers dans les tunnels perdent tragiquement la vie. C'est la plus grande tragédie minière du 20e siècle au Québec.

La Gazette du Nord

HECATOMBE A LA MINE EAST MALARTIC

Onze hommes emprisonnés sous terre

QUE DE NEIGE! QUE DE NEIGE!

Fête patronale de Son Excellence

Page de journal de 1947 qui relate l'accident de la mine

Source : www.museevirtuel.ca/community-stories_histoires-de-chez-nous/ruees-vers-lor-malartic_gold-rush/histoire/premiere-ruee-vers-lor-tragedie-a-east-malartic-gold-mines-limited-1947/

Crédit : Musée minéralogique de l'Abitibi-Témiscamingue

À cette époque, la ville n'a toujours pas d'église, et il est urgent d'ériger un bâtiment sacré au cœur de Malartic pour desservir les nombreux croyants.

Comble de malheur, six mois plus tard, c'est-à-dire le 7 octobre 1947, toujours dans la mine, une panne d'ascenseur entraîne quatre mineurs dans une chute mortelle.

Cette deuxième tragédie fait passer à seize le nombre de mineurs morts à Malartic en très peu de temps. Après le décès de ces hommes, la mine canadienne ajuste ses normes de sécurité, puis cette histoire tombe dans l'oubli.

Célébration des funérailles des mineurs décédés dans la tragédie de la East Malartic dans le sous-sol de l'école Renaud, avant la construction de la nouvelle église.
Source : https://ici.radio-canada.ca/nouvelle/673582/incendie-mine-east-malartic

Si la perte de l'église avait été vue comme un mauvais présage, après les deux accidents dans la mine, on commence à raconter que les âmes de ces hommes, frustrées, n'ont jamais quitté le sol de Malartic. Et depuis, des phénomènes étranges et inexplicables se produisent dans cette petite ville en apparence normale, mais prédestinée au malheur.

Le grand nombre d'événements tragiques à survenir dans la ville force la compagnie minière à ouvrir l'hôpital de Malartic en 1967. Celui-ci se transforme rapidement en établissement psychiatrique, où l'on traite les victimes des dommages collatéraux de ces drames, entre autres.

L'année 2008 est particulièrement marquante pour les résidents de la ville, car c'est à ce moment que la première véritable action est tentée pour stopper le mal qui entoure Malartic. Ce moment historique annonce, on l'espère, la fin de la malédiction, même si rien à ce jour ne prouve que tout est réellement terminé.

SIMONE

HÔPITAL PSYCHIATRIQUE DE MALARTIC

Nom de la patiente :

Simone Jacob

Date d'internement :

8 janvier 2006

Nom du médecin :

Raymond Dargis

Numéro de chambre :

329

Diagnostic :

Syndrome de stress post-traumatique, trouble psychotique délirant avec tendances suicidaires

NOTE DE L'AUTEURE

À l'époque où cette histoire s'est produite, je n'habitais plus Malartic, contrairement au reste de ma famille qui y réside toujours. Comme ce que je vais vous raconter est relativement récent, j'ai dû user de beaucoup de tact pour convaincre les personnes concernées de parler. Étrangement, à Malartic, tout le monde aime discuter de choses anodines, comme la nouvelle coupe de cheveux d'une voisine ou les changements dans la vitrine de la quincaillerie. Mais quand il s'agit d'un drame ou d'une histoire tragique, on dirait que la ville entière devient muette et amnésique. Les gens ont peur. Une personne m'a même déjà dit ce qui suit : « Parler de ces histoires peut attirer le mal vers nous. » Pour ma part, j'ai plutôt l'impression que c'est en taisant la vérité qu'on permet au mal de s'installer et de grandir. À mon avis, la digue de silence finit toujours par céder, et plus le secret a été gardé longtemps, plus les conséquences sont brutales.

Tous les noms dans ce récit ont été modifiés afin de préserver l'anonymat des personnes concernées.

PARTIE 1

CHAPITRE 1

LA REMPLAÇANTE

Découragée, Simone regarde son réveil qui brille dans la nuit. Elle rage de ne pas trouver le sommeil et soupire en pensant à la journée d'enfer qu'elle passera demain. Et pour cause : elle doit remplacer l'enseignant de français à l'école Le Tremplin de Malartic dans le groupe C, en troisième secondaire[1]. Le pire groupe de l'histoire. Bon, elle exagère un peu, mais à 4 h 27 du matin, elle ne peut s'empêcher de craindre que cette journée de remplacement vire au cauchemar. La dernière fois que Simone a enseigné dans cette classe, un des élèves a mis le feu dans son pupitre.

→ 1 Au Québec, on fréquente l'école primaire pendant six ans (de 6 à 12 ans). Ensuite, on passe à l'école secondaire pendant cinq ans, de la première à la cinquième (de 13 à 17 ans). On poursuit ensuite avec deux années au cégep (collège d'enseignement général et professionnel) avant d'entrer à l'université.

La nouvelle suppléante a bien essayé de refuser la demande, mais la secrétaire lui a confié que personne d'autre n'était disponible et qu'elle était leur dernier espoir. Simone est en début de carrière, et elle sait pertinemment qu'elle n'a pas le luxe de choisir ses classes. Même si elle a étudié pour être enseignante au primaire et non au secondaire, la commission scolaire est son employeur, et elle doit être flexible si elle espère décrocher un poste permanent un de ces jours.

Elle soupire. Qu'elle le veuille ou non, insomnie ou pas, elle devra y aller. Simone tente de se rassurer. Ce n'est qu'une journée, ça sera vite passé.

* * *

Son entrée dans l'école secondaire se passe comme la dernière fois : elle est plutôt remarquée. Simone est jeune. Elle a vingt-trois ans, ce qui veut dire qu'elle est à peine plus vieille que certains élèves de cinquième secondaire. En plus, elle est jolie ; c'est une beauté naturellement rayonnante, dotée du genre de visage qui attire les regards. Les adolescentes la dévisagent et lui cherchent des défauts. Les garçons, quant à eux, la font se sentir comme une enfant devant un groupe de jeunes rebelles : petite et sans défense.

La jeune femme aurait voulu entrer par la porte du personnel, mais elle n'a pas la clé. Son statut de suppléante sur appel ne lui permet pas d'arriver en catimini. Elle affronte donc, à contrecœur, les regards embarrassants, les sourires narquois et les chuchotements provocateurs. « Regarde qui est là ! Je pensais que Lachapelle l'avait fait assez chier pour qu'elle ne revienne pas » ; « Moi, je la trouve chaude » ; etc. Ça rigole, ça marmonne. Simone déteste remplacer au secondaire.

Heureusement, une fois dans son local, après que les élèves sont entrés et que la cloche a sonné, elle constate que Jérémy Lachapelle est absent. Soulagement ! Ce leader est un des principaux fauteurs de trouble du groupe. Après avoir géré les trois jeunes qui ont oublié leur matériel, la fille qui fait des bulles avec son chewing-gum à 9 h du matin et le petit comique qui a caché les craies pour le tableau, Simone peut enfin commencer à enseigner l'accord du participe passé, une notion qu'elle déteste profondément (comme tout le monde). Pourquoi les titulaires laissent-ils toujours les notions les plus ennuyeuses aux remplaçants ?

La jeune brunette aux longs cheveux teints en roux tente d'avoir l'air professionnelle. Elle espère que sa tignasse coiffée en chignon lui donne un air plus sérieux. Mais elle se trouve tellement ridicule de penser ça ! C'est à croire que ces ados passés maîtres dans l'art du jugement lui font perdre toute sa confiance en elle, alors qu'elle n'en manque pourtant pas normalement.

À la fin de la période, tout le monde soupire, Simone y compris. La jeune enseignante a beau être compétente, son âge nuit grandement à sa crédibilité, surtout avec les groupes difficiles comme celui-ci. Heureusement, les deux prochains groupes devraient être plus agréables ; il se pourrait même que Simone ait un peu de plaisir à enseigner au dernier.

La matinée se passe plutôt bien avec les deux autres groupes. À la fin de la dernière période avant midi, la suppléante remballe ses affaires. Sa journée est terminée, et son mal de tête commence. Quand elle relève les yeux, elle constate qu'une des élèves n'a pas quitté la classe.

— Tu ne vas pas manger ?

L'adolescente fait mine de ranger ses cahiers déjà empilés les uns sur les autres.

— Oui, oui...

Simone se tient dans l'embrasure de la porte en attendant que l'élève sorte du local.

Cette dernière finit par lui confier :

— Je trouve que tu ressembles à une amie de ma grande sœur.

Simone sourit et saisit l'occasion de faire une petite blague qui pourrait aider à tisser un lien entre elles :

— Elle doit être belle, son amie.

L'élève la regarde droit dans les yeux et lui lance d'un ton sévère et désabusé :

— Elle est morte.

L'adolescente sort du local rapidement. Simone reste figée quelques secondes, puis elle soupire. Elle n'est vraiment pas faite pour enseigner au secondaire !

Avant de quitter l'école, elle s'arrête au local des enseignants, où plusieurs sont déjà en train de déjeuner. Elle salue ses collègues. C'est une marque de politesse et une façon de se faire connaître en début de carrière. Assis au bout de la table, le prof d'éducation physique demande :

— Tu ne manges pas avec nous ?

Simone s'étonne de cette remarque, puisqu'elle connaît à peine cet homme.

— Non, j'avais juste les périodes du matin.

— Ah ! C'est dommage, on va boire un petit verre tout à l'heure, après l'école. T'aurais pu rester.

Une enseignante plus âgée roule les yeux, tandis que d'autres retiennent leur rire. Sébastien, le prof d'éducation physique, ne cache pas son jeu de séduction. Simone déteste enseigner au secondaire et elle a très hâte de quitter l'école, mais ce collègue est assez mignon pour lui faire oublier son malaise.

— Je peux revenir tout à l'heure.

L'homme fait basculer sa chaise, place ses deux bras derrière sa tête et lance tout simplement :

— Cool.

La remplaçante sent le jugement de certains professeurs et l'amusement des autres, mais elle s'en fiche. Elle est célibataire et n'a qu'une vie à vivre. Elle quitte enfin l'école, le sourire aux lèvres, cette fois par la porte des enseignants afin d'éviter de croiser des élèves. Dehors, l'air de novembre est frais. Elle attache son manteau et presse le pas vers sa vieille Hyundai rouillée.

En attendant la fin des cours, Simone décide de retourner chez elle à Dubuisson, un village situé entre Malartic et Val-d'Or. Sa maison est sur la route 117. C'est une petite résidence démodée qu'elle a achetée de sa grand-mère, laquelle vit maintenant dans une résidence pour personnes âgées. L'endroit a un besoin criant de rénovations pour le remettre au goût du jour, mais les fondations sont solides ; elles ont traversé le temps et fait leurs preuves. N'empêche que la tapisserie à carreaux brun et orange peut donner la nausée, tout comme le tapis marron dans le salon et le linoléum jauni de la cuisine. Si les émissions de décoration se déplaçaient en région, Simone serait la candidate parfaite pour une transformation de maison !

La jeune propriétaire a bien l'intention de donner un peu d'amour à sa résidence, mais elle vient à peine d'y emménager. Il n'y a pas si longtemps, elle habitait encore à Val-d'Or avec son père, dans la maison où elle a passé toute sa jeunesse. Les gens qui vivent à Malartic connaissent bien Val-d'Or, car la majorité des commerces s'y trouvent. Les Valdoriens, quant à eux, ont rarement à faire dans la petite ville de Malartic : ils la traversent rapidement quand ils se rendent à Rouyn, mais peu d'entre eux s'y arrêtent. Pour Simone, le déménagement et les remplacements à effectuer à l'extérieur de sa ville natale sont de grands changements qui lui font du bien, car elle en avait assez de côtoyer toujours les mêmes personnes, et ce, depuis son enfance.

L'enseignante a à peine mis le pied dans sa maison que le téléphone sonne. Elle dépose son sac et presse le pas pour répondre, mais, au passage, elle se prend le pied dans la lanière du sac et trébuche, tout en saisissant quand même le combiné. Le mot qui sort de sa bouche est un mélange d'« aïe » et « allô » :

— Aïelô !

C'est une voix masculine qui lui parle.

— Bonjour, est-ce que je peux parler à Simone Jacob, s'il vous plaît ?

Simone se frotte le genou qu'elle vient de se cogner en trébuchant. À demi concentrée sur la conversation, elle répond :

— C'est moi.

— Bonjour, je suis le directeur de l'école Renaud, à Malartic. J'ai un contrat à vous proposer pour le reste de l'année scolaire, dans une classe de maternelle.

Simone s'immobilise aussitôt. Elle n'est pas certaine d'avoir bien entendu. Enfin, oui, elle a bien entendu, mais son cerveau semble réclamer une confirmation avant de réagir.

— Pardon ? Une classe de maternelle à moi, jusqu'à la fin de l'année ?

— Oui, est-ce que ça vous intéresse ?

Simone sourcille. Si ça l'intéresse ? Évidemment que ça l'intéresse !

— Oui ! Vraiment ! Je commencerais quand ?

— Lundi, ma chère.

— OK, mais on m'avait déjà engagée pour faire de la suppléance.

— Il faudra tout annuler. Si vous acceptez le contrat, vous ne pourrez plus faire de remplacements.

Tout va très vite dans la tête de Simone. En quelques secondes, elle voit déjà son année de suppléance s'évaporer, et c'est avec un grand soulagement qu'elle répond :

— Mais oui, évidemment, c'est ce que je vais faire ! Est-ce que je peux passer voir la classe cet après-midi ?

— Si vous êtes disponible, ce serait parfait, les enfants seront contents de vous rencontrer.

— OK, super ! Je serai là vers 14 h.

— Merci, Simone, à tout à l'heure.

— Merci à vous.

Simone raccroche le combiné. Elle est toujours écrasée par terre, les pieds emmêlés dans son sac, mais elle sourit et ne ressent plus aucune douleur.

* * *

En route vers Malartic, Simone met la musique à fond dans sa voiture. Pour une nouvelle diplômée, se faire offrir un contrat pour l'année, et dans le groupe d'âge qu'elle préfère en plus, ça relève du miracle !

Une fois la pancarte « Bienvenue à Malartic » dépassée, Simone tourne sur la rue juste avant l'église. Déjà, les deux écoles primaires apparaissent. À gauche, une école de plain-pied en briques brunes qui rassemble les élèves de la troisième à la sixième année ; et à droite, une bâtisse de deux étages, trois si on compte le sous-sol, en tôle blanche, bleue et rouge orangé. Les établissements sont séparés par un grand parking réservé au personnel des deux écoles. À droite de l'école Renaud se trouve un autre bâtiment à étages en briques : c'est la garderie Bambin et câlin. Entre l'école Renaud et la crèche s'étale un deuxième grand parking dans lequel Simone fait demi-tour pour revenir se garer dans le premier.

L'arrivée de Simone à l'école primaire n'a rien à voir avec son entrée de ce matin au secondaire. Elle est heureuse, confiante et souriante. Elle a à peine mis un pied dans l'établissement qu'un petit blondinet aux yeux bleus qui se trouve là lui fait un signe de la main. Simone respire profondément l'odeur des vieux couloirs ; elle se sent déjà à sa place.

Le directeur, un homme rond et moustachu, l'accueille. Après avoir échangé quelques mots, ils vont visiter sa future classe. Tout se passe très vite, et la nouvelle enseignante essaie tant bien que mal de retenir toutes les informations que son supérieur lui transmet en rafale.

— Ici, c'est ton casier. On y déposera des messages et ton courrier. Ici, c'est le bureau de la secrétaire, Claudette, la femme qui sait tout ! Tu pourras garer ta voiture dans ce parking, il est plus près de la porte de la maternelle. Là, tu vois le gymnase, puis la classe de musique. Ici, tu peux laisser ton repas dans le frigo. C'est dans ce local que se trouve le photocopieur ; les feuilles sont dans cette armoire. Ici, c'est le local de monsieur Hamel, le concierge. En maternelle, tu auras souvent besoin de ses services ! Cette porte n'est qu'une sortie de secours. Voilà la machine à café ; tu peux mettre ton argent dans ce pot. La poignée de cette porte est brisée ; il ne faut pas la verrouiller. Et de ce côté, ce sont des locaux pour la Ville.

L'excitation et la nervosité de Simone sont telles qu'à ses yeux, la visite passe en un clin d'œil.

La cloche annonçant la fin de la journée sonne. La jeune femme aurait voulu discuter un peu avec l'enseignante de l'autre classe de maternelle, en face de la sienne, mais c'est vendredi, et les enfants ont à peine mis le pied dans le bus scolaire que les enseignants désertent l'endroit. Le directeur la salue en lui conseillant de prendre quelques minutes pour faire le tour de sa classe, puis il part lui aussi.

La jeune enseignante pénètre dans SA classe! Tout lui plaît: les petites tables, les petites chaises, le lavabo, les peintures d'enfants affichées au tableau, l'étagère contenant les blocs et les dinosaures, le coin poupées avec la cuisinière, la petite bibliothèque remplie de livres qui ont été souvent manipulés, le grand tapis qui affiche les lettres de l'alphabet devant le tableau. Cette classe est presque parfaite. Simone a hâte d'être lundi. Ses futurs élèves lui ont paru charmants, même si elle ne les a vus que quelques minutes. D'ailleurs, qui n'est pas charmant à cinq ans?

L'enseignante qu'elle doit remplacer vient de recevoir un diagnostic de cancer: elle ne reviendra pas travailler. Simone se sent mal pour elle, elle aurait voulu lui parler, mais la femme n'était pas à l'école aujourd'hui. Le malheur des uns fait le bonheur des autres. Simone se réjouit qu'on lui confie ce contrat.

Elle regarde l'horloge : c'est bientôt l'heure de la fin des cours. Elle sort son appareil photo de son sac et tourne l'objectif vers elle pour prendre une photo, qu'elle enverra ce soir à ses amies afin de leur annoncer la bonne nouvelle. Le cadrage n'est pas parfait, mais c'est le mieux qu'elle puisse faire sans regarder dans le viseur. Elle enfile ensuite son manteau, respire une dernière fois l'odeur de l'école primaire et sort par la porte arrière.

* * *

De retour à l'école secondaire, Simone se sent comme une nouvelle femme. Elle est maintenant titulaire d'un groupe ; elle se sent confiante. Mais surtout, elle a la certitude qu'elle n'aura plus à travailler ici de l'année. Soudainement, tous ces jeunes et leurs regards remplis de jugement ne l'atteignent plus. Son assurance semble lui rendre service, car entre la porte d'entrée et le local des enseignants, Simone ne récolte que des sourires, et même deux salutations timides de la part d'élèves à qui elle a enseigné ce matin.

L'ambiance dans la salle des enseignants est décontractée, digne d'un vendredi en fin d'après-midi. L'arrivée de la jeune remplaçante est remarquée, surtout par Sébastien, le prof d'éduc.

— Tiens ! Ça, c'est une fille de parole !

L'homme lui tend un verre que Simone saisit et il lui verse un peu de bière. Souriante, la jeune femme demande :

— Qu'est-ce qu'on fête au juste ?

Sébastien lève les bras dans les airs, ce qui laisse apparaître ses biceps découpés.

— Mon anniversaire !

Simone lève son verre.

— Bon anniversaire !

Les enseignants arrivent un à un et se servent un verre. Des sachets de chips sont mis sur la table. Tout le monde discute de tout et de rien, mais surtout d'école. Pendant que les autres parlent de la fête de Noël, Sébastien s'adresse à Simone en aparté.

— Je vais manger à Val-d'Or ce soir, est-ce que ça te tente de venir ?

Simone sourit. Le jeune enseignant ne la laisse pas indifférente. Elle le connaît à peine, elle ne l'a croisé que quelques fois lors de remplacements, mais elle est curieuse d'en apprendre plus sur lui. C'est un homme athlétique, de la même taille qu'elle. Peut-être un peu plus grand, en fait, mais à peine. Avec ses épaules carrées, ses cheveux courts foncés, ses yeux rieurs et son large sourire, il est assez mignon pour que Simone accepte sans hésiter son invitation.

Le rassemblement ne s'éternise pas ; seuls les plus jeunes planifient la suite de la soirée, c'est-à-dire Sébastien, celui dont c'est l'anniversaire, Stéphane, le conseiller pédagogique, et Simone.

Simone est le genre de fille qui apprécie la compagnie des hommes. Réticente à s'engager pour l'instant, elle préfère profiter de sa jeunesse et multiplier les rencontres pour savoir précisément ce qu'elle attend de l'homme avec qui elle partagera le reste de sa vie.

Le départ vers Val-d'Or s'organise. Comme Stéphane et Sébastien habitent tous les deux Malartic, ils prennent la même voiture. Simone suit avec la sienne. Elle déteste sa voiture, qui n'est plus très sûre. Depuis quelque temps, son moteur fait un bruit étrange, mais elle doit absolument la garder jusqu'à la fin de l'hiver, histoire d'accumuler plus d'argent pour s'en acheter une nouvelle.

Au restaurant, Simone s'empresse de rejoindre les garçons pour entrer en même temps qu'eux. Pour elle, arriver seule dans un lieu public est toujours gênant, surtout quand elle ne connaît personne.

Le trio a à peine mis les pieds dans le resto-bar qu'un petit groupe de personnes s'écrie au fond de la pièce :

— Perron !!!!

Les membres de la bande lèvent leur verre et accueillent Sébastien avec enthousiasme. L'ambiance est aux réjouissances ; tout annonce que ce sera une belle soirée. Sébastien attrape le verre qu'un de ses amis lui tend et le vide d'un trait, sous les encouragements des autres. C'est son anniversaire, après tout !

Pendant ce temps, Simone balaie la bande du regard tout en faisant un grand sourire. Intérieurement, elle se dit que si ça ne fonctionne pas avec le beau prof d'éducation physique, elle aura l'embarras du choix ! Elle compte trois couples et trois hommes seuls, donc possiblement célibataires, ce qui est rapidement confirmé quand Sébastien la présente au groupe. En moins de cinq minutes, les hommes ont montré leur jeu et ont clairement fait comprendre à Simone qu'ils sont là pour s'amuser.

La soirée est agréable. Sébastien semble intéressé par Simone, tout comme certains de ses amis. L'un d'entre eux est immédiatement éliminé parce qu'il ne plaît pas du tout à la jeune femme. Il porte un t-shirt blanc avec des imprimés de dragon, ce qui, en soi, est un moyen de contraception assez efficace.

Les deux autres sont aussi écartés par Simone. Le grand au teint basané, Raphaël, est un peu trop beau. Simone se méfie des trop beaux hommes, qui obtiennent en général tout ce qu'ils veulent sans rien donner en retour. Et le deuxième, Victor, est probablement trop jeune. Simone sait que Sébastien a vingt-sept ans et elle imagine que ses amis sont dans la même tranche d'âge que lui, mais pas Victor. C'est peut-être son nom qui trahit son âge, ou tout simplement le fait qu'il est imberbe... Quoi qu'il en soit, ce dernier est plutôt antipathique. Chaque fois que Simone parle, il sourcille, détourne le regard, discute avec quelqu'un d'autre, se lève pour aller aux toilettes ou s'adresse au serveur. Bref, Simone a bien compris qu'il ne deviendra pas son meilleur ami et que c'est sans l'ombre d'un doute avec Sébastien qu'elle a le plus de chances ce soir.

Après avoir pris ses aises et terminé son premier verre, la jeune femme se lève et annonce :

— Je ne veux pas voler la vedette à Sébastien, mais j'ai aussi quelque chose à fêter ce soir.

Tous la regardent, intrigués. Sébastien sourit en s'adossant à sa chaise, attendant la grande nouvelle avec curiosité.

— Je viens d'avoir un contrat pour l'année à l'école Renaud !

Le groupe réagit avec enthousiasme, mais Sébastien avoue :

— C'est quand même un peu décevant.

Simone lève les sourcils :

— Pourquoi tu dis ça ?

— Parce que tu ne viendras plus remplacer au Tremplin et je ne pourrai pas te revoir.

Simone ajoute avec un sourire en coin :

— Tu vas devoir me réinviter si tu veux me revoir.

Le garçon avec le t-shirt de dragon saisit Simone par le cou et lui confie fièrement :

— Hé ! L'école Renaud, c'est là que j'allais quand j'étais gamin.

Sébastien retire le bras imposant de son ami des épaules de la jeune femme et ajoute en le narguant :

— Comme tout le monde ici, tu sais, n'essaie pas d'avoir l'air spécial.

Le groupe éclate de rire, l'homme au dragon se rassoit et Simone sourit, surtout à Sébastien, qui se montre très intéressé pendant le reste de la soirée. Ses mains frôlent souvent les cuisses de sa voisine de chaise.

Quand vient le moment de régler les additions, Simone se lève pour aller aux toilettes avant de payer la sienne et de partir. Devant le miroir, elle replace ses cheveux et essuie le mascara qui a coulé sous ses yeux. Elle sait que si elle veut se rapprocher de Sébastien, c'est le moment ou jamais. Elle prend un chewing-gum dans son sac à main et sort des toilettes avec l'intention de lui proposer de le raccompagner. C'est alors qu'elle percute une personne qui se dirigeait vers elle.

— Oups, excusez-moi.

Simone lève la tête ; c'est Sébastien. Elle n'a pas le temps de réaliser ce qui se passe qu'il la plaque contre le mur et l'embrasse intensément. C'est exactement ce qu'elle voulait. Sébastien a été plus rapide qu'elle sur ce coup-là.

CHAPITRE 2

LA PANNE

Après une nuit fougueuse, Sébastien et Simone se réveillent côte à côte, sans qu'il y ait aucun malaise entre eux. Sébastien se lève le premier. Normalement, Simone préfère se réveiller plus tôt pour filer en douce, mais cette fois, elle n'a pas pu. Pendant qu'elle dormait, Sébastien a préparé le petit déjeuner : des œufs, du bacon, des petites pommes de terre rôties… la totale !

Quand Simone sort de la douche, l'odeur de la nourriture la fait sourire. Elle apprécie les attentions d'un homme, mais elle ne peut s'empêcher de penser qu'il fait ça seulement pour l'attendrir. C'est mignon, mais elle ne se laisse pas impressionner pour le moment.

Les deux amants prennent place à table, l'un en face de l'autre. Sébastien a une aisance qui laisse croire que cette situation n'est pas nouvelle pour lui. Comme Simone n'est pas du genre à passer par quatre chemins, elle le lui fait remarquer :

— T'as l'air d'avoir l'habitude.

— De quoi ?

— De préparer le petit déjeuner pour une fille.

Sébastien pousse un rire franc.

— Ce n'est pas la première fois, mais je ne suis pas un pro en la matière non plus.

Simone le taquine :

— À partir de combien de filles on devient un pro ?

L'homme porte sa fourchette à sa bouche et répond tout en avalant :

— Je dirais... une tous les samedis matin.

— Ce n'est pas le cas ?

Sébastien éclate de rire une fois de plus.

— J'ai l'air comme ça ?

— Je ne sais pas, à toi de me le dire.

— Non... Je ne suis pas comme ça.

Simone sourit. Elle se trouve stupide d'avoir abordé ce sujet : quel homme aurait avoué qu'il multipliait les conquêtes ? D'autant plus qu'elle s'en fiche un peu, car elle ne recherche pas l'homme de sa vie pour le moment. Sébastien prend une autre bouchée et demande :

— Tu veux que je te dise comment j'ai trouvé ça ?

Simone fige son regard sur l'enseignant ; elle n'est pas sûre de comprendre la question.

— De quoi, ça ?

— Notre soirée d'hier.

C'est au tour de Simone de pousser un éclat de rire spontané.

— Je ne suis pas certaine de vouloir le savoir, non.

— Pourquoi ? Tu n'as pas confiance en tes performances ?

Simone rigole à nouveau, mais cette fois avec un soupçon de malaise.

— Mes performances ? Je ne savais pas que je passais un examen, monsieur le prof d'éduc.

Sébastien rigole.

— Tu ris, mais ça arrive assez souvent que les filles me demandent de les noter.

— T'es pas sérieux, là ?

— Si, malheureusement.

— OK, sérieux... Moi, je ne veux pas que tu fasses ça. C'est stupide.

— C'est ce que je pense aussi. Mais tu veux que je te dise la chose que je trouve un peu étrange avec toi ?

— Hum... Pas certaine.

Sébastien rit, boit une gorgée de café et continue :

— C'est que t'as le même nom que la religieuse qui s'occupait de la chorale quand j'étais petit.

Simone manque s'étouffer avec son bout de pain. Elle éclate de rire et répond :

— Ark ! Le même nom qu'une bonne sœur ? Avoue que t'as aimé ça, dans le fond.

L'homme retient son rire et avoue :

— Je n'ai pas détesté ! « Sœur Simone », c'est sexy.

Ils éclatent de rire en chœur. Sébastien se lève de table et, d'une voix charmeuse, il demande :

— Est-ce que j'ai encore le droit de t'embrasser même si le soleil est levé ?

Simone rougit et rétorque :

— J'ai la bouche pleine.

Sébastien précise :

— Juste sur le front, alors ?

Un baiser sur le front, c'est attendrissant et ça n'a rien de sexuel. C'est rassurant, c'est protecteur, c'est… bizarre. Mais tandis que Simone s'apprête à éclater de rire et à protester, Sébastien pose les lèvres sur son front. Son cœur fait trois tours. Elle rigole timidement et son amant quitte la pièce, probablement pour aller à la salle de bain.

Même si elle se sent plutôt bien, Simone décide de rentrer chez elle avant midi. Dans l'embrasure de la porte, Sébastien lui avoue :

— Je te demanderais bien ton numéro de téléphone, mais je l'ai déjà.

Simone fronce les sourcils ; elle ne se souvient pourtant pas de le lui avoir donné.

— Il est écrit sur ta carte professionnelle, dans la salle des profs... Alors, je dois te poser directement la question : est-ce que tu veux qu'on se revoie ?

Simone aurait préféré s'en aller sans discuter de tout ça et décider plus tard si elle avait envie d'un deuxième rendez-vous. Dans la vie, certaines choses demandent un temps de réflexion. Comme si l'homme avait lu dans ses pensées, il s'empresse d'ajouter :

— Ah, oublie ça. Je ne sais pas pourquoi je te pose la question. Tu n'as qu'à m'appeler ou à m'écrire sur MSN[2]. Mon MSN est facile à retenir, c'est sebasperron18 tout collé, pas de majuscules, sur Hotmail. Et si jamais je t'appelle et que ça ne te tente pas, tu n'as qu'à ne pas répondre.

→ 2 MSN était une plateforme de *chat* utilisée à l'époque.

Simone sourit et baisse la tête.

— Il y a de bonnes chances qu'on se revoie.

Sébastien s'approche d'elle pour lui offrir un second bisou sur le front. Simone ravale sa salive avec émotion. Comment se fait-il que ce geste banal lui fasse autant d'effet ?

Elle s'empresse de sortir de l'appartement et respire une bonne bouffée d'air frais pour se remettre les idées en place. Elle monte dans sa voiture, insère la clé, tente de démarrer le moteur, mais ce dernier tousse, et puis plus rien. Simone essaie à nouveau. Rien à faire, la voiture ne démarre pas.

Affreusement gênée, elle sait qu'elle va devoir retourner frapper à la porte de Sébastien pour demander de l'aide. Elle se dit qu'il est peut-être temps qu'elle s'achète un téléphone portable, même si elle n'est pas chaude à l'idée qu'on puisse la déranger à n'importe quel moment de la journée.

L'air est froid, Simone a les mains gelées. C'est à contrecœur qu'elle sort de l'automobile et frappe à la porte de l'appartement. Sébastien ne vient pas. Elle frappe un peu plus fort. Il apparaît enfin, le torse nu et musclé, vêtu seulement d'une serviette autour de la taille. Il vient ouvrir avec un sourire en coin et dit :

— Déjà !?

Simone est à la fois gênée et amusée par le côté cocasse de la situation. Elle se mord les joues.

— Ma voiture ne démarre pas.

Sébastien attrape la main de Simone. En la tirant vers lui, il laisse tomber la serviette et dit :

— Vraiment dommage, tu vas devoir rester ici.

Simone retire son manteau. L'auto peut attendre.

Les deux amants se retrouvent sous la douche. Ils s'embrassent passionnément, et Simone constate que l'enseignant d'éducation physique est assez fort pour tenir une fille sur ses hanches pendant plusieurs minutes.

Lorsque Sébastien arrête le jet d'eau, il lui dit :

— Je me rhabille et on va regarder ta voiture, OK ?

Simone, toujours dans la baignoire, acquiesce de la tête. Pendant que son amant essuie son corps avec virilité, elle lui demande :

— Est-ce que tu as un sèche-cheveux, par hasard ?

L'homme éclate de rire.

— Désolé, j'ai pas ça.

— Pas grave, je vais mettre mon bonnet.

Moins de trente minutes plus tard, assis dans la voiture de Simone, Sébastien constate qu'il n'y a rien à faire.

— D'après moi, c'est ta batterie. Mais je ne m'y connais pas tant que ça. Je vais appeler un de mes amis qui est mécano et voir s'il est disponible pour regarder ça.

Simone est soulagée. Avec un peu de chance, il ne faudra que des câbles de démarrage et le tour sera joué.

L'ami en question, qui habite tout près, arrive quelques minutes plus tard. Simone l'observe de la fenêtre du salon pendant qu'il stationne son véhicule. Quelle n'est pas sa surprise lorsqu'elle reconnaît Victor, le garçon antipathique qu'elle a rencontré la veille ! Le grand brun descend de sa camionnette noire et commence à regarder la voiture avant même que Simone et Sébastien sortent pour le retrouver.

Quand ils le rejoignent, Victor s'adresse à eux sans les regarder.

— C'est surprenant de voir que t'arrivais encore à rouler avec cette épave. Elle est foutue, ta voiture.

— Quoi ? Mais je travaille lundi, il me faut une voiture.

Sébastien saisit l'occasion et lance en blaguant :

— Tu vas devoir venir vivre avec moi.

Simone hésite entre rire et se sauver en courant. Heureusement, son amant d'un soir rigole et ajoute :

— Non mais sérieusement, Vic va sûrement pouvoir te trouver une voiture du week-end.

Victor lève la tête pour la première fois et regarde Simone.

— Tu veux mettre combien ?

Simone ne sait pas quoi répondre. Elle se sent prise au dépourvu.

— Je ne sais pas trop... Je n'avais pas prévu de m'acheter une nouvelle voiture avant la fin de l'hiver.

Victor la fixe, indifférent, pendant que Sébastien s'adresse à lui :

— Tu es capable de lui trouver une bonne affaire, Vic ? Tu peux sûrement vendre celle-là pour les pièces, comme t'avais fait pour moi.

Le mécanicien ne semble pas chaud à l'idée de venir en aide à cette fille qu'il connaît à peine. Sébastien, quant à lui, fait preuve d'un excès d'enthousiasme qui laisse croire que Victor n'a pas toujours cette attitude désagréable.

Simone tente de mettre fin au malaise.

— Ce n'est pas grave, je vais appeler mon père et on regardera de notre côté. Je ne veux pas vous déranger avec ça.

Elle tourne les talons avec comme seul objectif de rentrer dans l'appartement pour passer un coup de fil désespéré à son paternel.

Sébastien fait un signe d'incompréhension à son ami, qui hausse les épaules et qui finit par dire plus gentiment :

— Non, non, j'ai quelque chose pour toi.

Le jeune enlève sa casquette, se passe la main dans les cheveux et ajoute :

— Je pense que tu vas être la prof de mon fils.

Simone ne cache pas son étonnement. Le garçon semble trop jeune pour être le père d'un enfant de cinq ans.

— Ah oui ? Comment il s'appelle ?

— Félix-Olivier.

Simone sourit. Elle ne se souvient pas de tous les élèves, mais elle portera certainement une attention particulière à cet enfant.

— J'ai hâte de le rencontrer.

Victor prend une inspiration comme s'il voulait ajouter quelque chose, puis il se ravise et dit plutôt :

— Je vais t'organiser quelque chose pour la voiture, tu auras juste à donner de bonnes notes à mon fils.

Simone éclate de rire.

— En maternelle, s'il parle et qu'il est capable de dessiner, il devrait bien s'en tirer.

Victor monte dans sa camionnette en sourcillant et part sans répondre. Simone se tourne vers Sébastien, perplexe devant le comportement étrange du jeune père.

— Son fils ne parle pas, mais il est super gentil et il sait dessiner.

— Sérieux ?

Sébastien hausse les épaules. Simone regrette ses paroles et ravale son malaise.

— Non mais je suis vraiment conne ! Le premier parent que je rencontre et je rate tout.

L'homme éclate de rire.

— T'en fais pas avec ça. Vic est super sympa d'habitude, mais je pense que tu le rends un peu mal à l'aise.

— Pourquoi ? Parce que je suis la future prof de son fils ?

Sébastien rigole en lui faisant un clin d'œil :

— Non, parce que t'es jolie !

Simone sait très bien que son compagnon ne lui dit pas la vérité, mais elle est fatiguée, elle commence à avoir mal à la tête et elle veut rentrer chez elle. Elle rigole et ajoute :

— Je vais appeler mon père pour qu'il vienne me chercher.

— Oublie ça et monte, je vais aller te reconduire. Vic t'aura sûrement trouvé une voiture d'ici ce soir. On ira te la conduire.

— Sérieux ?

— Oui, madame !

Simone ouvre la portière de sa voiture et récupère son porte-documents et ses clés. Elle monte ensuite dans celle de Sébastien pendant que lui court à l'intérieur chercher ses clés et son portefeuille.

La nuit a été courte et le matin, intense. Simone est heureuse d'arriver enfin devant chez elle.

Avant de partir, elle donne deux bisous sur les joues à son conducteur, non sans malaise. Puis, elle s'empresse d'entrer dans sa maison et s'affale dans le divan.

Elle ouvre son porte-documents et en sort une feuille sur laquelle sont inscrits les noms de ses futurs élèves. Elle repère « Félix-Olivier », puis elle l'examine comme si les simples lettres de ce prénom allaient lui en apprendre plus sur l'enfant. Un enfant qui ne parle pas à cinq ans… Simone se demande s'il est sourd. Elle dépose la feuille et s'étend sur le vieux canapé de sa grand-mère, où elle s'assoupit. C'est la sonnerie du téléphone qui la réveille dans l'après-midi. Elle répond, encore endormie, et entend Sébastien lui annoncer qu'elle aura une nouvelle voiture dans la journée. Une bonne affaire pour mille dollars ! Rien de neuf, mais vraiment mieux que ce qu'elle avait. Simone est ravie. Voilà un problème de réglé.

Tout le week-end, elle s'affaire à préparer sa première journée d'enseignement dans sa classe à elle. Depuis le début de ses études, elle rêve d'enseigner en maternelle. Cette classe est un cadeau du ciel pour elle. Quand Sébastien lui amène sa nouvelle voiture, il ne s'attarde pas.

Ça convient parfaitement à Simone, qui n'a la tête à rien d'autre qu'à l'école pour le moment.

Ce sera une année mémorable !

CHAPITRE 3

L'EXPÉRIENCE CONTRE LA JEUNESSE

Un mélange de fébrilité et d'excitation accompagne Simone tout au long de son premier lundi en classe. Elle commence sa journée en faisant asseoir les enfants en cercle par terre et en demandant à chacun de se présenter. Quand vient le tour de Félix-Olivier, le garçon fixe l'enseignante dans les yeux, en silence. C'est Léa, une petite blondinette à l'air angélique assise à côté de lui, qui prend la parole.

— Il s'appelle Félix-Olivier, mais il ne parle pas.

Simone feint de ne pas être au courant, espérant susciter une réaction chez son élève muet.

— Ah non ? Et est-ce qu'il m'entend ?

Les enfants sont unanimes : leur camarade entend. Simone prend sa voix la plus douce et demande :

— Peut-être que tu peux juste me dire ton nom ?

Le gamin continue de la fixer sans remuer les lèvres. Après quelques secondes d'attente, l'enseignante se résigne.

— Ce n'est pas grave, plus tard, peut-être.

Léa répond :

— Il ne parlera jamais. Sa mère est morte.

Cette affirmation sortie de la bouche de la fillette est lancée de manière tellement banale que Simone est ébranlée au point de ne plus savoir quoi répondre. Elle se ressaisit et bredouille maladroitement :

— Moi aussi, ma mère est morte, et je parle. Peut-être que Félix-Olivier parlera un jour.

Après cette confidence, le garçon fronce les sourcils en continuant de fixer l'enseignante. C'est comme s'il tentait de lire en elle. Un autre enfant, prénommé Frédéric, demande, intrigué :

— Pourquoi elle est morte, ta maman ?

— Elle a eu un cancer, ça fait trois ans.

— Est-ce que tu as de la peine ?

— Oui, ça me fait encore de la peine.

Puis, l'enseignante s'empresse de changer de sujet. Parler de la mort, pour leur première discussion, n'est peut-être pas ce qu'il y a de plus approprié. Le reste de la matinée se passe bien. Simone se sent à l'aise, et son stress diminue au fur et à mesure que la journée avance. Il faut dire que son groupe est particulièrement accueillant. Pendant la période de jeux libres, elle prend un moment pour s'approcher de Félix, qui s'amuse tout seul. Le garçon est dans un coin de la classe, assis par terre, face au mur. Il tient entre ses mains une poupée qu'il a complètement dénudée. Simone s'accroupit à côté de lui.

— Coucou, Félix, qu'est-ce que tu fais ?

Sans se cacher, le garçon lui tend la poupée, dont il a crayonné les yeux, la bouche et le ventre avec un feutre rouge. En voyant ça, Simone dit calmement :

— Je ne pense pas que ce soit une bonne idée de colorier la poupée. Tu vas devoir la laver.

Le garçon reprend le jouet et se dirige vers le lavabo, tranquillement, sans signe de remords ni d'émotion quelconque. Simone le regarde laver l'objet en se disant que cet enfant n'est pas comme les autres.

En fin de matinée, l'enseignante conduit ses élèves dans la cour pour la récréation et y retrouve Suzanne, l'autre enseignante de maternelle, qui y est déjà avec son groupe.

Cette dernière s'approche de Simone et lui demande, à demi intéressée :

— Et alors ? Comment ça se passe ?

— Super bien. Il y a seulement un élève qui réagit à ma venue.

— Laisse-moi deviner. Félix-Olivier ?

Simone sourit :

— Oui.

— T'en fais pas avec lui. Il est bizarre. Avec de la chance, tu ne l'auras pas dans ta classe toute l'année.

— Comment ça ?

— Il a quelque chose, cet enfant-là, il n'est pas normal. Remarque qu'il vient d'une famille complètement dysfonctionnelle.

— Comment ça ?

— Il va y avoir la rencontre de parents bientôt, tu vas t'en rendre compte par toi-même. Ma collègue avait commencé à prendre des notes sur lui, tu vas sûrement trouver ça dans son bureau. Mais je dis ça, je dis rien. Je ne suis pas le genre de personne qui parle dans le dos des familles.

— Je n'ai pas encore eu le temps de fouiller, mais je vais regarder. C'est drôle parce que j'ai rencontré son père du week-end. Il a l'air d'un homme correct.

— Le petit n'habite pas avec son père, il vit avec son grand-père. Si je n'étais pas si polie, je te dirais que c'est une histoire de fou, cette famille.

Rapidement, la discussion des enseignantes est interrompue par une enfant qui réclame de l'aide : le manteau de Rose est resté coincé dans la clôture. Le reste de la récréation, Simone n'arrête pas de se demander ce qu'elle va apprendre de si particulier sur Félix et sa famille.

Après un moment, la cloche du midi sonne, et les enseignantes font entrer leurs élèves à l'intérieur afin de les confier aux éducatrices. Simone va alors dans la classe de sa collègue pour poursuivre la discussion.

— Peux-tu m'en dire plus sur Félix-Olivier ?

Suzanne s'assoit sur une des petites chaises et confie :

— Écoute, ce ne serait pas professionnel de faire du commérage, mais tu dois quand même le savoir, si tu es sa prof jusqu'à la fin de l'année.

Simone se tire une chaise à son tour et est prête à entendre ce que Suzanne a à lui dire. C'est une enseignante d'expérience, son jugement sera probablement éclairant.

— Il faut que tu saches que sa mère est décédée.

— Oui, ça, je le sais. Léa me l'a dit tout à l'heure.

Suzanne rigole.

— Ça, ça ne m'étonne pas ! Le petit habite avec son grand-père maternel. Son père avait à peine seize ans quand il est né. Tu vas probablement voir le père de temps en temps. Des fois, il vient chercher le petit, mais il ne le garde jamais. Tu vas aussi voir une vieille femme aveugle. Elle est souvent avec le grand-père. Cette femme-là est vraiment bizarre. Il y a des gens en ville qui disent qu'elle a un don de voyance, mais moi, je dis qu'elle est juste sénile, la bonne femme. Normalement, nos élèves finissent toujours par nous donner des détails sur leur vie, et ça nous permet de mieux comprendre l'éducation parentale qu'ils reçoivent, mais avec Félix-Olivier, on ne peut rien savoir.

— Est-ce qu'on sait pourquoi il ne parle pas ?

— Son grand-père dit qu'il n'a jamais parlé. Mais entre toi et moi, le bonhomme ne doit pas être très stimulant.

— Elle est morte de quoi, sa mère ?

— Ça aussi, c'est vague. On sait qu'elle était ado quand elle a accouché de lui et qu'elle a séjourné à l'hôpital quelques mois. Il y en a qui disent qu'elle s'est suicidée, d'autres racontent des histoires délirantes de possession, mais la version que la famille nous sert, c'est qu'elle est décédée le jour de l'accouchement.

Simone écarquille les yeux. Est-ce que Suzanne vient vraiment de prononcer le mot « possession » ? Elle répète en retenant avec peine un rire :

— De possession ?

— Oui... De possession. T'imagines à quel point ils doivent être bizarres ? Je te l'ai dit, c'est une famille vraiment pas normale. Il faut que tu gardes cet élève-là à l'œil, et au moindre signe inquiétant, tu fais un signalement.

— À ce point-là ?

— Je dis ça, mais tu fais ce que tu veux. Moi, les familles bizarres, je les flaire rapidement, et je n'attends jamais pour les dénoncer. Malartic, c'est petit, les gens n'osent jamais rien dire. Moi, les parents savent que si leur enfant est dans ma classe, ils ont intérêt à être droits dans leurs bottes. Les parents, hein, pas les enfants.

La femme éclate de rire et ajoute :

— Et les enfants aussi, dans le fond !

Suzanne s'esclaffe à nouveau. Cette femme aux cheveux courts, à la poitrine généreuse et aux larges hanches a une assurance intimidante. C'est le genre de femme qui doit avoir un mari plutôt soumis, pense Simone.

— Ah oui, j'oubliais... Le grand-père a dit que son petit-fils n'a jamais pleuré, même pas quand il était bébé. Pour te dire à quel point il ne tourne pas rond, le bonhomme. Voyons, tous les bébés pleurent ; j'ai eu quatre enfants, et c'est impossible qu'un bébé ne pleure jamais. En tout cas, pas un bébé normal.

Suzanne se lève d'un bond.

— Bon ! J'ai faim ! De toute façon, fouille dans le dossier, tu auras les informations dont t'as besoin pour te faire ta propre idée.

L'enseignante saisit son sac et son repas. Simone comprend que la discussion est terminée. Elle retourne dans sa classe chercher son déjeuner. Tout le reste de la journée, elle repense à ce que Suzanne lui a dit. Elle trouve cette histoire un peu décousue. C'est pourquoi, avant de partir à la fin de la journée, elle met le dossier de Félix dans son porte-documents. Elle le regardera ce soir à tête reposée, avec un bon verre de vin.

* * *

Assise sur son divan avec la télévision en sourdine, Simone regarde ce que sa prédécesseure a noté sur Félix-Olivier. Rien d'aussi catastrophique que ce que Suzanne a raconté. La jeune fraîchement sortie de l'école sourit en se disant que sa collègue devrait peut-être envisager de prendre sa retraite. Son ordinateur émet alors un son d'alerte; elle vient de recevoir un message. Elle se tourne vers son portable, déposé à côté d'elle, et constate que c'est Sébastien qui lui écrit.

Sébastien ‹sebasperron18›

Sébastien :
Salut.
Simonette :
Salut.
Sébastien :
Est-ce que je te dérange ?
Simonette :
Non, non.
Sébastien :
Je me demandais comment s'était passée ta première journée d'école avec ta classe.
Simonette :
C'est gentil de demander. Ça s'est vraiment bien passé.
Sébastien :
Génial ! Et ton auto ? Elle roule bien ?
Simonette :
Comme sur des roulettes !
Sébastien :
Parfait, ça.

Simone revient à ses papiers. Quelques minutes s'écoulent avant que l'homme revienne à la charge.

Sébastien ‹sebasperron18›

Sébastien :
J'organise une fête pour mon anniversaire vendredi chez moi, est-ce que ça te dit de venir ?

Simonette :
On n'a pas déjà fêté ton anniversaire ce week-end ?

Sébastien :
Ha ! Ha ! Ha ! Oui, mais là, il y aura plus d'amis.

Simonette :
Je ne connaîtrai personne.

Sébastien :
Tu connais ceux qui étaient au resto l'autre soir.

Simonette :
Est-ce que je peux te donner ma réponse plus tard cette semaine ? Je ne sais pas si je serai trop fatiguée de ma semaine ou non.

Sébastien :
Oui, pas de problème.

Simonette :
OK, alors je te reviens avec ça.

Sébastien :
OK, parfait !

Simone met sa main sur l'écran de l'ordinateur portable et le rabat pour le fermer. Même si Sébastien lui semble intéressant, elle n'a pas la tête à ça pour le moment. Son nouveau contrat occupe tout son esprit.

La semaine s'écoule. Chaque jour, Simone s'intéresse de plus près à Félix, qui semble l'apprécier un peu plus. Le jeudi, il lui prend même la main pour l'amener voir le dessin qu'il a fait. Ce sont des formes humaines tracées en noir avec les yeux, la bouche et le nombril rouges.

Accroupie et appuyée sur la petite table, Simone demande à l'enfant pourquoi il a fait les yeux, la bouche et le ventre en rouge.

Félix-Olivier approche ses deux mains du visage de son enseignante et les dépose sur ses yeux. Puis, il les retire et met son doigt sur la bouche de la femme, et il dépose finalement son oreille contre son ventre, comme s'il voulait écouter le son qu'il fait. Simone reste immobile, troublée par les gestes de l'enfant.

Après l'école, elle note ces agissements dans son cahier d'observation et elle finit d'imprimer les feuilles pour la rencontre parents-enseignant. Ensuite, elle se rend au gymnase, situé dans le sous-sol de l'école, afin de planifier son activité du lendemain. Il se fait tard, l'école est vide. Il y a encore quelques cours pour les adultes qui se donnent à l'étage supérieur, mais tous les enfants sont partis.

Simone est en train de regarder l'espace disponible afin de délimiter son jeu, quand elle entend un rire coquin d'enfant. Elle lève la tête et regarde en direction des fenêtres, qui sont, comme dans tous les sous-sols, en hauteur, plus près du plafond que du plancher. Dehors, elle aperçoit Félix-Olivier qui la regarde, accroupi et stoïque. Elle lui sourit en lui faisant un signe de la main. Le garçon lève sa petite main tranquillement, sans enthousiasme, et la secoue discrètement.

L'école Renaud vue de derrière. La porte sous le pignon était celle des maternelles ; celle au centre de la cour permettait d'accéder au gymnase.
Crédit photo : Caroline Valiquette et Martin Poirier

Simone revient à son jeu et compte le nombre de balles de tennis et de foulards disponibles dans la caisse qui lui a été prêtée par le prof d'éduc, quand elle entend à nouveau un rire franc. Elle lève la tête : Félix est encore là. Simone s'étire le cou pour voir avec qui il est, mais elle ne voit personne. Elle se dit que les enfants doivent s'amuser à se cacher, et ça la fait sourire. L'espièglerie de l'enfance l'a toujours amusée. Elle est aussi soulagée de constater que le garçon joue avec des amis après l'école, parce que dans la classe, il est très solitaire.

Simone termine enfin la préparation du jeu et remonte au premier étage, où se trouvent les deux classes de maternelle. Du local de Suzanne, elle a une meilleure vue sur la cour d'école, et elle aperçoit Félix-Olivier qui rentre chez lui avec un homme qui lui tient la main. Le soleil est couché et le réverbère ne permet pas d'avoir une bonne vue, mais Simone se demande tout de même où sont les autres enfants avec qui il jouait quelques minutes plus tôt. Elle était curieuse de savoir s'il s'agissait d'élèves de sa classe.

Ce soir-là, de retour chez elle, Simone écrit à Sébastien pour lui confirmer qu'elle sera présente à sa fête le lendemain. Après tout, elle n'a qu'une vie à vivre. La semaine a été très fatigante, mais Simone sent le besoin de sortir pour se changer les idées.

Le vendredi matin, Félix-Olivier est absent. Sur le coup, Simone s'inquiète, puis elle se raisonne. Un élève peut être absent sans que ce soit nécessairement grave. Simone a une attirance particulière pour ce petit garçon, elle le trouve intrigant et surtout, elle sent qu'il y a quelque chose chez lui qui ne demande qu'à être découvert. L'enseignante est curieuse de savoir pourquoi il ne parle pas, et encore plus de savoir si elle arrivera à lui soutirer quelques mots d'ici la fin de l'année. Elle a toujours eu de la facilité avec les élèves différents. Durant ses stages, elle a su se démarquer par sa capacité à tisser des liens avec les enfants décrits comme perturbateurs. La différence avec Félix-Olivier est qu'il ne perturbe pas le groupe. Au contraire, il se fond dans le décor, tant il est discret. Mais il n'en reste pas moins qu'il a le même regard que les autres, des yeux qui disent : « Aimez-moi. »

Finalement, la journée passe assez rapidement, comme toutes les autres. La cloche sonne la fin de l'école pour les maternelles. C'est un autre avantage d'enseigner en maternelle, pense Simone :

la classe se termine plus tôt que pour les groupes du primaire. Comme c'est vendredi, elle se donne même le droit de partir avant son heure habituelle, mais avant, elle passe par le bureau de la secrétaire afin de lui poser quelques questions à propos de la paperasse à remplir.

C'est une dame imposante avec un visage rieur qui la reçoit. Elle est installée derrière un bureau, et elle est parfaitement agencée avec son milieu, comme si elle y était depuis toujours. Ce qui est d'ailleurs presque le cas : l'école a été construite en 1939, et madame Claudette a été dans les premières générations à venir s'asseoir sur ces bancs tout neufs à l'époque. Aujourd'hui, l'école a du vécu, les bancs usés ont tellement servi que le bois s'est creusé avec le temps sous le poids des enfants. L'état du bâtiment laisse largement à désirer, mais Simone aime ce genre de lieux. Elle y voit les marques du passé qui nous rappellent d'où on vient.

L'enseignante remet les documents à Claudette, lui pose les questions qu'elle avait encore, et en profite pour lui demander si elle sait pourquoi Félix-Olivier Turcotte n'est pas venu à l'école aujourd'hui. Claudette lève ses sourcils crayonnés et, avec son souffle court et sifflotant, elle dit :

— Son grand-père a dit qu'il était malade. Mais d'après moi, le petit n'avait juste pas envie de venir.

— Comment ça ?

— Il fait ce qu'il veut, cet enfant-là. Je l'ai souvent vu jouer dans la cour d'école le soir, tout seul, à des heures pas possibles. Et le fait qu'il ne parle pas en dit long. C'est une prise de pouvoir, ça.

— Vous pensez ?

— J'en ai vu passer, des enfants, ma chérie, et celui-là, il sait très bien qu'il nous mène par le bout du nez. Il y a quelque chose de mesquin chez cet enfant-là. Comme si ça l'amusait de nous voir incapables de percer son silence.

— Mesquin... Je ne l'avais pas vu comme ça...

— C'est l'expérience qui parle, ma chérie.

— Peut-être bien. Je vais y porter attention.

Simone tourne les talons. À demi insultée, elle marmonne pour elle-même : « C'est l'expérience qui parle, ma chérie. » Comme si le fait qu'elle soit jeune lui enlevait tout jugement. Elle n'a pas décelé une once de méchanceté dans le regard de son élève. Au contraire, elle y a perçu de la souffrance et un grand besoin d'amour. Cette secrétaire devrait peut-être prendre sa retraite! Et son bureau a grand besoin d'être redécoré. Les fleurs séchées et les bibelots de chat, c'est passé de mode!

Simone quitte l'école; elle a l'intention de rentrer chez elle pour faire une sieste avant la fête de ce soir. En sortant de l'établissement, elle croise un homme qu'elle suppose être un parent d'élève. Elle lui sourit poliment, et ce dernier lui renvoie la pareille. Il fait quelques pas de plus, puis se retourne pour demander:

— Est-ce que vous êtes madame Simone?

Simone s'arrête et se retourne pour lui répondre, souriante:

— Oui, c'est moi.

L'homme s'avance vers elle et poursuit:

— Ah! Ma fille m'a dit que madame Simone n'était pas vieille comme sa mamie, mais je ne la croyais pas...

Simone rigole. Son nom lui joue souvent des tours.

— Je vais le prendre comme un compliment.

— C'en est un.

Le papa est assez bel homme, grand, cheveux blonds bien coiffés, pas si vieux lui non plus.

— Et vous êtes le père de...

— Vous pouvez me dire « tu »... Je suis le père de Léa, celle qui parle tout le temps.

Simone éclate de rire. En voilà un qui connaît bien son enfant! Elle en profite pour taquiner l'homme. C'est sa marque de commerce, et cette tactique est souvent efficace pour entrer en relation avec les gens.

— Est-ce que c'est de famille ?

Le père rigole.

— Je ne sais pas, il faudrait qu'on passe plus de temps ensemble pour le savoir.

Simone sourit, à demi offusquée et à demi gênée. Recevoir des avances d'un parent d'élève est rarement agréable. Bien que celui-ci soit plutôt mignon, c'est totalement déplacé.

— Si vous décidez d'assister à la rencontre de parents, on aura trente minutes de plus.

Heureusement, avoir le sens de la répartie est pratique pour se sortir de situations embarrassantes. Simone salue le père et continue son chemin jusqu'à sa voiture. Elle rentre chez elle légèrement dégoûtée par ce qui vient de se passer, et espère ne pas revoir ce parent prochainement.

CHAPITRE 4

LES APPARENCES

Le son de la radio du réveille-matin tire Simone d'un profond sommeil. Elle est désorientée, comme si elle venait de dormir cent ans. La Belle au bois dormant regarde l'heure… 20 h 30 ! Elle ne voulait pas rester assoupie aussi longtemps. Elle prend une douche en vitesse, refait son maquillage, change trois fois de tenue, et quitte sa maison encore étourdie d'avoir trop dormi.

Quand Simone arrive chez Sébastien, la fête est déjà bien commencée. Elle doit redoubler de courage pour traverser le nuage de fumée de cigarette entourant les fumeurs à l'extérieur. Elle entre dans l'appartement et se heurte à des inconnus. Elle enlève son manteau, mal à l'aise, et sourit pour dissimuler sa gêne. Elle traverse la pièce à la recherche d'un visage familier et finit par tomber enfin sur Sébastien, Victor et… le père de Léa !

Décidément, cette soirée ne sera peut-être pas aussi relaxante que prévu. Quand Sébastien aperçoit son invitée, il lève les bras au ciel et s'exclame :

> **— Elle est venue !**

Le grand blond sourit et, d'un ton qui frôle l'arrogance, il lance :

> **— Madame Simone, quelle surprise ! On n'aura pas besoin d'attendre la rencontre de parents pour se revoir, en fin de compte.**

L'enseignante se force à sourire et tente déjà de trouver une excuse pour quitter cette fête le plus tôt possible. On le lui a souvent répété, mais c'est maintenant qu'elle le comprend : cette ville est trop petite !

Sébastien tend le bras vers son invitée pour l'inclure dans leur cercle de discussion.

— Je ne resterai pas longtemps, je suis juste venue faire un petit coucou.

— Faut pas que tu te sentes mal parce qu'il y a des parents d'élèves. Ils vont se tenir tranquilles, t'inquiète pas.

Victor, qui regardait le plancher depuis l'arrivée de Simone, affiche soudain un sourire en coin.

Simone rit sans conviction.

— Non, non, c'est pas ça. Je suis juste fatiguée de ma semaine.

En réalité, c'est tout le contraire. Sa sieste lui a permis de recharger ses batteries, et elle est assez en forme pour passer la nuit debout. D'ailleurs, quand elle quittera cet endroit, elle a l'intention d'appeler des amies pour voir s'il se passe quelque chose d'intéressant à Val-d'Or ce soir.

— Tu dis ça, mais je suis sûr qu'Alex a réussi à te dire quelque chose de gênant quand il t'a croisée à l'école aujourd'hui.

Simone comprend que le père de Léa s'appelle Alex, ou Alexandre, ou Alexis, et qu'il a parlé de leur rencontre à ses amis. Le type semble connu pour son manque de tact ; c'est pourquoi la jeune femme se permet de répliquer :

— Disons qu'il n'a pas tourné autour du pot.

Sébastien éclate de rire.

— Ça ne me surprend pas.

Il se tourne vers son ami et lui frappe l'épaule amicalement.

— T'es pas croyable, Alexandre Jutras.

Les deux hommes rigolent. Simone se détend encore un peu plus. Alexandre se défend en riant :

— C'était juste pour rire. Et je sais voir si une fille est capable d'en prendre. De toute façon, je suis célibataire, j'ai bien le droit.

— Ouais, ben on est trois célibataires ; il va falloir laisser Simone choisir.

À ces mots, Victor lève une main et la secoue pour signifier qu'il se dissocie de cette affirmation. Il tourne les talons et décide d'aller se chercher une autre bière.

Sébastien en profite pour dire à voix basse :

— Ne le prends pas personnellement. Il m'a dit que tu ressembles un peu trop à la mère de son fils à son goût. Ça le trouble.

Simone plisse les yeux. Elle voudrait lui demander si cette femme est réellement décédée, mais elle ne trouve pas les mots. Sébastien l'aide en précisant :

— Elle est décédée en mettant son fils au monde.

Un léger malaise s'installe. Sébastien lève sa bière et dit avec enthousiasme :

— Ça va lui passer !

Simone comprend un peu mieux pourquoi Victor n'est pas sympathique avec elle. C'est la deuxième fois qu'on lui dit qu'elle ressemble à une personne morte en peu de temps ; ce n'est pas le compliment le plus agréable à recevoir. En fait, ce n'est pas du tout un compliment.

Cette soirée, qui s'annonçait catastrophique, se déroule somme toute assez bien. Alexandre, qui laissait croire de prime abord qu'il était un macho prétentieux, s'avère assez rigolo et sympathique. Simone l'avait mal cerné.

Sébastien, quant à lui, a le coude léger. La fête s'emballe rapidement quand il se met à chanter et à faire son numéro. Malheureusement, au fur et à mesure que la soirée avance, son état d'ébriété s'accentue, et il devient beaucoup moins agréable. Son langage décousu et répétitif lasse Simone à un point tel qu'elle préfère aller rejoindre les fumeurs, même si elle déteste la cigarette et le froid.

À l'extérieur, elle retrouve Alexandre, qui est en plein monologue humoristique. Elle écoute attentivement son anecdote à propos d'un quad qui a glissé dans la rivière. L'homme s'avère un excellent conteur, et ses histoires, bien qu'assez banales, sont hilarantes. Simone grelotte et rigole en même temps. Quand l'homme s'en aperçoit, il s'empresse d'enlever son bonnet pour le lui prêter.

— Faudrait pas que tu gèles tes petites oreilles.

Simone sourit et apprécie la chaleur du bonnet. Mais elle précise :

— Je pense que je vais m'en aller bientôt.

— Déjà ? Mais le soleil n'est même pas encore levé.

Pendant que Simone rit, Alex ajoute :

— Tu ne restes pas dormir chez Sébastien ?

— Je ne pense pas, non…

L'homme grimace, et Simone demande :

— Quoi ? Qu'est-ce qu'il y a ?

— Sébastien va être déçu, je pense.

— Il est trop saoul pour s'en rendre compte.

Le grand blond éclate de rire.

— Ah merde, ne me dis pas qu'il a continué à boire !

L'homme termine sa bière d'une seule traite et conclut :

— Je t'inviterais bien à maison, mais je ne veux pas jouer dans les plates-bandes d'un de mes amis.

Simone rigole ; elle n'aurait pas accepté de toute façon. Enfin, elle n'aurait sûrement pas accepté… Étrangement, ce qui sort de sa bouche ressemble plus à :

— Je ne suis pas mariée avec lui, à ce que je sache.

Maudite boisson !

Le regard d'Alexandre change. Il devient enjôleur, et Simone sait maintenant qu'elle a le contrôle de la situation. C'est d'ailleurs ce qui l'amuse le plus. Puis, elle se souvient que l'homme devant elle, même s'il est très séduisant, est le père d'une de ses élèves.

Elle remballe ses yeux coquins et se dirige vers sa voiture en disant :

— Mais de toute façon, comme j'ai dit, je m'en vais. Je trouve que c'est une sage décision de ne pas jouer dans les plates-bandes de tes amis. Bonne nuit.

Une fois dans l'auto, la jeune femme se souvient qu'elle aussi a bu de l'alcool et qu'elle n'est pas vraiment en état de conduire.

Vraiment, maudite boisson !

Elle ressort du véhicule. Alexandre n'a pas bougé.

— Déjà changé d'avis ?

— Je suis certaine que j'ai trop d'alcool dans le sang. Je vais attendre un peu, je pense.

— Sage décision.

Simone sourit. Il semblerait qu'elle ait affaire à un homme qui a le sens de la répartie autant qu'elle. C'est dommage qu'il soit le père de Léa.

Frigorifiée, elle rentre se réchauffer dans l'appartement. En refermant la porte, elle est étonnée de voir qu'en à peine quelques minutes, l'ambiance a complètement changé. La musique est plus relaxe, les rires se sont tus, les corps sont devenus plus léthargiques. Ça sent la fin de la soirée. Beaucoup de personnes sont parties, il ne reste que celles qui ne peuvent pas prendre leur voiture et les éternels fêtards qui ne se couchent jamais.

Simone regarde l'heure : 3 h 37 du matin ! Voilà qui explique tout.

Elle se prend un verre d'eau et va s'asseoir sur le divan aux côtés de Victor, qui regarde la télévision, les yeux vides. En prenant place, elle remarque que le jeune homme est dans un sale état.

— Est-ce que tu veux un verre d'eau, Victor ?

Le jeune homme prend le verre sans dire un mot et en boit quelques gorgées avant de le redonner à Simone, qui lui demande :

— Ça va ?

Victor tourne la tête vers elle. Ses yeux sont petits et rouges, sa bouche est molle, sa peau a blanchi. Il marmonne :

— Bon sang, qu'est-ce que tu lui ressembles !

Simone se sent mal à l'aise, mais elle a aussi envie de crever l'abcès une fois pour toutes et qu'on arrête d'en parler. Elle demande en toute connaissance de cause :

— À qui ?

— Laisse tomber.

L'homme enfouit son visage entre ses deux mains. Simone prend sa voix rassurante :

— À la mère de Félix-Olivier ?

Victor la fixe à nouveau dans les yeux. Pendant un instant, Simone a l'impression qu'il ne la regarde plus, elle, mais qu'il voit l'autre.

— À Camille, oui.

— Elle s'appelle Camille ? C'est plus joli que Simone, je trouve.

Victor émet un rire mou et se laisse tomber vers l'arrière en s'écrasant lourdement sur le divan. L'humour est la meilleure arme contre les malaises. Telle une œuvre de Dali, l'homme épouse la forme du canapé comme s'il se liquéfiait dessus. Ce faisant, il bredouille :

— Mais elle est morte.

— Je sais, je suis vraiment désolée.

— Faut pas, il fallait que ça arrive. Mais elle n'a pas pu sauver le bébé.

— Quel bébé ?

L'homme marmonne des mots de moins en moins audibles, il vacille entre l'éveil et le sommeil.

— Notre bébé.

— Tu parles de Félix-Olivier ?

— Il fallait qu'elle l'amène avec elle.

— Qu'elle l'amène où ?

— Ailleurs.

— Pourquoi ?

Victor ne répond pas.

— Pourquoi Camille aurait dû amener Félix-Olivier avec elle ?

Victor gémit, puis il prononce des mots qui ressemblent à :

— Pou e soé.

Le relâchement de la mâchoire de l'homme ivre rend ses paroles incompréhensibles. Et même si elle n'a pas tout compris, Simone est bouleversée. Que voulait dire Victor ? Que la mère de Félix-Olivier aurait dû déménager avec son fils ? Qu'elle aurait dû amener l'enfant avec elle pour l'élever seule ?

Simone soupire. Selon les rumeurs qu'elle a entendues, Victor serait devenu père à seize ans, et il aurait perdu la mère du bébé. Peut-être insinuait-il qu'il aurait voulu qu'elle survive pour s'occuper de l'enfant ou qu'il aurait été mieux que les deux meurent. Cette dernière réflexion fait frémir Simone. Comment un père pourrait-il souhaiter la mort de son enfant ?

La jeune femme regarde Victor pendant un moment. Elle ne voit plus le gars condescendant du début ; elle contemple maintenant un homme qui souffre plus que les autres. Elle prendra soin de son fils, elle s'en fait un point d'honneur.

Ses pensées sont interrompues par Sébastien, qui s'écrase entre elle et l'accoudoir du divan. Le trop petit espace entre eux force Simone à se rapprocher de Victor.

— T'étais en train de draguer Victor ?

Simone rit jaune en regardant le corps endormi à côté d'elle.

— Non, pas vraiment, je n'ai pas de tendances nécrophiles.

L'homme approche son visage du sien. Son haleine de bière et de chips est repoussante et la force à cesser de respirer pour ne pas avoir à la sentir. Sébastien pose sa main sur la cuisse de la jeune enseignante et la monte jusqu'à sa poitrine. Simone saisit le poignet baladeur et le repousse gentiment.

— Je vais y aller, moi.

Sébastien s'offusque.

— Qu'est-ce que j'ai fait ?

Maintenant debout, Simone tente de calmer la situation en répondant d'un air faussement candide :

— Rien, je suis fatiguée.

L'enseignant d'éducation physique se lève en gardant tant bien que mal son équilibre. Il agrippe Simone.

— On peut aller se coucher, si tu veux.

Simone tente de se libérer.

— Je pense que je vais rentrer.

— Ben voyons, tu peux dormir ici, dans mon lit.

Sébastien est insistant, il titube et empeste l'alcool. Simone voudrait disparaître. Elle se libère avec difficulté de son emprise et répète :

— Je préfère rentrer, une autre fois peut-être.

La situation est sur le point de dégénérer. Simone sent que le moindre faux pas de sa part pourrait mettre Sébastien en colère. Déçue de voir son nouvel ami dans cet état, l'enseignante prie pour ne pas avoir à faire une scène gênante pour s'en sortir. C'est toujours une déception de voir un « bon gars » devenir un crétin sous l'effet de l'alcool. En plus, la possibilité de se faire traiter d'« allumeuse » par ses amis plane toujours dans l'air, ce qui rend la situation encore plus embarrassante. Dans ce genre de situation, la jeune femme sait qu'il est préférable de partir le plus vite possible, et idéalement de ne plus jamais revenir.

Alexandre arrive au même moment et comprend rapidement que son ami a perdu tout jugement. Il est reconnu pour ça. Quand Sébastien est dans un endroit public comme un restaurant ou un bar, il sait se retenir, car comme enseignant, il se doit d'être convenable. Mais quand il se retrouve dans une fête privée, c'est une autre histoire. Il abuse de l'alcool et devient, comme diraient ses amis, un abruti.

— Perron, laisse-la tranquille, elle veut partir !

Sébastien s'offusque à nouveau et affirme mollement :

— Hé, je la retiens pas. Je lui parle juste.

La vérité, c'est que Sébastien tient fermement le poignet de Simone et qu'il est impossible pour elle de se libérer sans utiliser la force. Alexandre agrippe amicalement Sébastien par le cou en lui tendant une bière.

— Allez, le gros, on a besoin de toi pour changer la musique. Regarde, tout le monde est en train de s'endormir.

Sébastien lâche enfin Simone pour prendre la bière, et elle en profite pour s'éclipser. Elle ne sait pas si son état lui permet de conduire, mais une chose est sûre, elle ne veut pas rester dans cet appartement une minute de plus. Juste avant qu'elle monte dans sa voiture, Alex sort et la rejoint au pas de course.

— Simone ! Attends ! Écoute, la chambre de Léa est libre, elle est chez sa mère ce soir.

— Je pense que je peux conduire.

— Je te jure que je ne t'embêterai même pas deux minutes. Sébas, c'est un idiot quand il boit.

Simone hésite.

— Et comme je suis policier, je vais devoir t'arrêter si tu prends ta voiture dans cet état.

Simone éclate de rire.

— Je ne te crois pas.

— OK, j'avoue, c'est pas vrai, mais je suis pompier volontaire pour la ville. C'est presque pareil.

Simone rigole à nouveau de bon cœur.

— Sérieusement ?

— Oui, sérieusement.

— Et c'est quoi, ton travail ? Si tu n'es pas vendeur de drogue ou tueur à gages, je vais peut-être accepter ton offre.

Alexandre hausse les épaules et lance, moqueur :

— Bon ben, dommage... Tu vas devoir rentrer chez toi.

La femme rit de plus belle. Le beau blond sort son portefeuille et en tire une carte qu'il lui tend en affirmant :

— C'est moins sexy que policier, mais c'est mon vrai métier.

La jeune femme saisit la carte et apprend que son nouvel ami est géologue. Intérieurement, elle se dit que ce métier est encore plus sexy que celui de policier. Mais ça, elle se garde bien de l'avouer à Alexandre, qui aurait une carte de plus dans son jeu. Il est hors de question que Simone perde la main sur cette partie.

— Géologue... J'avoue que ce n'est pas trop effrayant. Un homme qui aime les cailloux, ce n'est pas menaçant. Je vais accepter ton offre.

Alexandre sourit.

— Parfait ! On doit marcher un peu, par contre.

— Un peu ? Genre combien de temps ?

— Genre dix minutes.

Simone ouvre la portière de sa voiture et attrape son bonnet et ses gants. Puis, elle change ses petites bottes à talons pour des bottes d'automne dignes de ce nom. Il fait moins sept degrés ; rien d'affolant pour les Abitibiens, qui ont l'habitude d'hivers rudes où le mercure indique souvent moins vingt-cinq degrés, mais Simone est frileuse et elle a toujours des vêtements chauds dans sa voiture au cas où. C'est probablement une déformation d'enseignante habituée de faire de la surveillance dehors tous les jours.

En chemin, Alexandre alimente la conversation.

— Comment t'as trouvé la soirée ?

— Quand même chouette. Sauf vers la fin.

— Ouais, Perron a un peu exagéré.

— Il y a ça, mais il y a aussi Victor qui m'a dit des choses bizarres.

— Victor ? C'est moins son genre, ça. Il t'a dit quoi ?

— En gros, que je ressemblais à la mère de son fils qui est morte, et qu'elle n'avait pas réussi à sauver son fils. Quelque chose du genre. C'était pas clair.

— Oui, je sais que la mère du fils de Vic est décédée à la naissance de Félix. Mais je ne suis pas trop au courant, Victor n'en parle pas vraiment. Et moi, je ne viens pas du coin, donc je ne sais pas.

Simone est surprise que l'homme ne soit pas d'ici ; il a pourtant l'air très à l'aise et semble connaître tout le monde.

— Tu ne viens pas du coin ? Tu viens d'où ?

— De Québec. On a déménagé il y a trois ans. Mon ex vient d'ici, et en géologie, il y a du boulot dans le coin, donc c'est bien.

— C'est beau, Québec. Tu penses y retourner ?

— Pas avant que ma fille ait dix-huit ans.

— Je comprends.

— Mais j'adore vivre ici. Je suis un gars de la nature.

Simone sourit. Elle le comprend, elle a fait sa première année d'université à Sherbrooke, pour finalement revenir compléter sa formation en région.

Alexandre s'arrête de marcher et pointe la maison à sa droite.

— C'est ici.

Elle est surprise de voir une résidence de construction récente, tout près de l'école secondaire. Simone s'en veut : elle s'attendait à entrer dans un appartement, et elle regrette d'avoir eu ce préjugé stupide. Comme si un homme monoparental vivait nécessairement dans un appartement miteux.

Une fois dans la maison, l'enseignante est étonnée par l'agréable odeur de citron qui embaume la pièce. Elle constate aussi que tout est bien rangé. Elle se mord les joues : encore un préjugé. L'homme lui montre la chambre de sa fille. Un espace bien décoré, digne d'une petite princesse de cinq ans. Tout à coup, Simone éprouve des scrupules. L'idée de dormir dans le lit d'une de ses élèves la rend mal à l'aise.

— Est-ce que je peux dormir sur le divan, en fin de compte ?

Alexandre éclate de rire.

— T'aimes pas les princesses ?

La jeune femme ne répond pas. Elle se contente de grimacer en rigolant.

Peu de temps après, Simone est installée sur le divan. Alexandre a pris soin de s'assurer que son invitée était aussi à l'aise que possible et il a posé un verre d'eau sur la table du salon avant d'éteindre les lumières, pour ensuite aller se coucher dans sa chambre. En tirant la couverture jusqu'à son menton, la femme s'étonne de ressentir une légère déception. Aurait-elle souhaité qu'Alexandre l'invite dans sa chambre ? Mais non ! Bien sûr que non ! Elle ferme les yeux. Évidemment que non. Elle se tourne sur le côté. Peut-être bien que oui, finalement… Et elle s'endort.

Le soleil est à peine levé quand Simone ouvre les yeux. Il n'y a aucun bruit dans la maison. Elle en profite pour s'éclipser silencieusement. Elle marche en tentant tant bien que mal de se rappeler le trajet effectué quelques heures plus tôt. Elle fait quelques détours, mais finit enfin par reconnaître le duplex de Sébastien. Elle monte dans sa voiture et rentre chez elle, où elle s'empresse de se recoucher confortablement dans son lit pour encore quelques heures. Quand elle se réveille, elle voit que Sébastien lui a écrit sur MSN. Elle se fait un café avant de lire le message et de lui répondre.

Sébastien ‹sebasperron18›

Sébastien :
Salut.

Sébastien :
Je voulais m'excuser pour hier soir. Je pense que j'ai un peu trop bu.

Simonette :
Salut.

Simonette :
C'est rien.
Sébastien :
Il paraît que t'es allée dormir chez Alex ?
Simonette :
Les nouvelles vont vite.
Sébastien :
C'est lui qui me l'a dit. C'est aussi lui qui m'a dit que je n'ai pas été très correct avec toi. Mais je ne m'en souviens pas. Je m'excuse encore.
Sébastien :
Alex, c'est vraiment un bon gars.
Simonette :
J'ai dormi sur le divan, je ne pouvais pas conduire ma voiture.

Entre sa réponse et celle de Sébastien, Simone met deux tranches de pain dans le grille-pain et sort le beurre de cacahuètes. Elle verse de l'eau dans la bouilloire et actionne le bouton de mise en marche, puis elle revient à son écran.

Sébastien ‹sebasperron18›

Sébastien :
T'as pas à te justifier, tu fais ce que tu veux.
Sébastien :
Et je pense que je le méritais.
Sébastien :
Est-ce que tu accepteras quand même de me revoir ?

Simone pose ses doigts sur son clavier, puis elle les retire. Elle ne sait pas quoi répondre. Elle ne pense pas qu'elle pourrait tomber amoureuse de Sébastien et elle ne veut pas lui donner de faux espoirs. En prenant une grande respiration, elle pianote :

Sébastien ‹sebasperron18›

Simonette :
On va sûrement se recroiser un de ces jours, mais ce ne sera pas parce qu'on l'aura planifié. Tu sais ce que doivent faire les gens qui perdent la tête quand ils boivent trop ? Arrêter de boire !

Dans son appartement, Sébastien reçoit le message comme une gifle. Elle ne peut pas être plus claire que ça. Il s'en veut d'avoir laissé échapper cette occasion. Simone semblait être une fille vraiment géniale. Il lâche quelques jurons à voix haute, se ressaisit, et écrit :

Sébastien ‹sebasperron18›

Sébastien :
Tu as raison. Je me trouve stupide.
Simonette :
Je dois te laisser, je vais manger. Bonne journée.
Sébastien :
OK, bye.

Après, plus aucun message. Simone ferme son ordinateur et tente d'oublier ce moment désagréable. Elle se prépare un deuxième café et se plonge dans le travail. Elle doit terminer les bulletins de ses élèves avec les notes que sa prédécesseure lui a laissées et préparer ses rencontres de parents. C'est une première fois pour elle, et c'est extrêmement stressant.

Tout le week-end, Simone porte le même pyjama et néglige son hygiène personnelle. Son temps est réparti entre son travail, ses émissions de télévision et son ordinateur. Le dimanche soir, quand elle se regarde dans le miroir, Simone rigole en se disant qu'il ne lui reste plus qu'à s'acheter un chat pour être le parfait cliché de la vieille fille. Puis, elle finit par se mettre au lit en pensant que ce ne serait pas une si mauvaise idée d'avoir un animal, puisqu'elle se sentirait moins seule. Elle ferme les yeux en souriant. Elle se trouve encore plus pathétique !

CHAPITRE 5

LES BULLETINS

Après une semaine dans son nouveau rôle de titulaire en maternelle, Simone se sent de plus en plus à sa place dans sa classe. Elle a déplacé quelques meubles et fait le ménage de l'armoire de bricolage. Elle se dit que d'ici Noël, cette classe sera parfaite. Malgré son sentiment d'accomplissement et sa satisfaction, Simone stresse à l'idée de rencontrer les parents de ses élèves vendredi. Heureusement, ce seront des rencontres individuelles, et non une présentation devant tout le monde en même temps.

Sa relation avec les dix-sept enfants de son groupe est bien établie. Ils ont su la charmer, et elle est arrivée à gagner leur confiance. Même

Félix-Olivier semble assez épanoui. Derrière son mutisme et ses demi-sourires non assumés, Simone sent que le gamin apprécie sa présence. Elle a toujours dit que ce genre d'enfants étaient comme de petits renards qu'il fallait apprivoiser. C'est pourquoi elle reste convaincue d'être capable de lui soutirer un mot d'ici la fin de l'année.

La semaine passe vite, trop vite. Vendredi matin, Simone met un peu plus de temps qu'à son habitude pour se préparer. Elle tient à faire bonne impression auprès des parents de ses élèves, qu'elle rencontrera tout au long de la journée. Longue journée en perspective.

En route vers l'école, l'enseignante répète sa présentation officielle, celle qu'elle servira à tous les parents qu'elle n'a pas eu la chance de croiser depuis son entrée en fonction. Elle arrive au travail quarante-cinq minutes avant le début de la première rencontre. Elle fait les derniers ajustements dans sa classe pour qu'elle soit en ordre et accueillante. Le premier parent se présente à l'heure prévue. Simone est nerveuse, mais souriante et chaleureuse. Après les quinze minutes que dure l'entretien, l'enseignante sent qu'elle a fait bonne impression, ce qui la motive pour la suite des rencontres. Une douzaine de familles défilent tour à tour. Elle est très à l'aise, comme si elle avait fait ça toute sa vie. Mais quand elle voit apparaître le nom de Léa sur sa feuille, son stress revient.

L'idée de revoir Alexandre ne lui déplaît pas, mais que ce soit dans un contexte professionnel la rend mal à l'aise. D'autant plus qu'ils ne se sont pas reparlé depuis qu'elle a dormi chez lui. Elle espérait le croiser au moins une fois à la sortie de l'école, mais ça n'a pas été le cas.

Avant d'ouvrir la porte de son local pour vérifier si l'homme est à l'heure, elle se regarde dans le miroir et s'assure que rien ne cloche sur son visage. Un léger toc-toc-toc la fait sursauter. Ce doit être lui. L'enseignante se tourne et aperçoit le grand blond dans la fenêtre de la porte. Elle sourit et lui fait signe d'entrer.

L'homme ouvre la porte, et une petite femme blonde passe devant lui. La mère de Léa est le portrait tout craché de la petite! Simone sourit pour cacher sa surprise; elle n'avait pas pensé que la mère serait là! Elle se trouve stupide. C'était évident qu'elle viendrait. Si Simone avait espéré qu'en se revoyant, Alexandre et elle deviendraient un peu plus que de bons amis, elle se ravise rapidement. Son ex est si jolie, elle n'osera jamais s'essayer. C'est évident que cet homme s'intéresse aux filles plus canon qu'elle.

— Bonjour ! Vous pouvez vous asseoir ici.

Simone pointe les deux minichaises devant elle, puis elle s'installe sur une autre de l'autre côté de la petite table.

Alex se tortille pour essayer de s'asseoir sur la chaise, et Simone sourit.

— Elles ne sont pas très grandes, hein ?

Le père répond, amusé :

— J'espère juste que je ne vais pas la casser.

Vivre dans un monde miniature est familier pour une titulaire de classe de maternelle, mais c'est loin d'être le cas pour le reste des gens. L'enseignante rigole. Voir Alexandre, qui mesure plus d'un mètre quatre-vingts, assis sur une si petite chaise est cocasse et, bizarrement, assez sexy.

La rencontre se déroule bien. La mère de Léa est sympathique. Les deux parents semblent bien s'entendre. C'est à se demander pourquoi ils se sont séparés. Simone n'a que du bien à dire de la fillette, qui est assurément sur la voie de la réussite.

La rencontre se termine. Simone serre la main de la mère en la remerciant et se retourne pour faire de même avec Alexandre. Mais ce dernier lui tient la paume un peu plus longtemps qu'il le faudrait dans sa main. Ce n'est rien de déplacé et c'est tout en subtilité, mais le grand blond laisse sous-entendre un réel intérêt. La mère quitte la classe, et Alex fait mine de faire comme elle, mais il rebrousse chemin dès que son ex a tourné le coin du couloir. Quand Simone voit l'homme revenir vers elle, tout sourire, son cœur fait trois tours.

— Ça fait drôle de te voir dans ton rôle de prof. T'es bonne !

Simone sourit toujours.

— Merci. C'était un peu bizarre.

— Sophie t'aime bien, c'est bon signe.

— Qui ça ?

— Sophie, la mère de Léa.

— Ah ! Oui. Hum, cool.

Simone rigole.

— C'est elle qui t'a dit ça ?

— Non, mais ça se voyait, et comme elle juge toujours la fille que je fréquente, c'est plus facile quand elle aime bien la femme en question.

L'homme affiche un large sourire charismatique. Simone sait qu'il n'a pas dit « la fille que je fréquente » par hasard. Son message est clair, et l'enseignante, bien que surprise, est heureuse de connaître les intentions de son nouvel ami.

— T'es partie vite l'autre matin.

Simone se mord les joues, plutôt embarrassée. Alexandre, lui, rigole, amusé.

— C'est normal, personne n'aime se réveiller chez quelqu'un qu'il ne connaît presque pas.

Simone est soulagée de voir que l'homme la comprend et qu'il ne lui en veut pas. Il prend un air enjôleur, étire son bras et agrippe le haut du cadre de porte pour lancer :

— Je dis qu'il faut qu'on apprenne à mieux se connaître, comme ça, tu ne seras plus obligée de te sauver.

Simone balaie le couloir des yeux pour s'assurer qu'il n'y a aucun témoin. Cette situation est à la fois excitante et embarrassante.

— Tu peux m'ajouter sur MSN : on verra ce que ça donne.

Alexandre éclate de rire en notant son adresse.

— Simonette ! C'est comique comme nom.

— C'est mon surnom depuis que je suis petite.

— C'est mignon.

Simone sourit. Au moment où elle va répliquer, elle voit un homme tourner le coin du couloir et se diriger vers sa classe. Elle s'empresse de reprendre sa voix professionnelle pour conclure la discussion.

— Alors, c'est ça, je suis très heureuse d'être l'enseignante de Léa. Bonne journée !

— Merci, madame Simone.

Alexandre lui envoie un clin d'œil en tournant les talons, salue de la tête l'homme qui vient en sens inverse et lance un dernier regard séducteur à Simone avant de disparaître. Celle-ci sourit.

— Bonjour.

Le monsieur devant elle a un certain âge ; la fin de la cinquantaine, certainement. Il est vêtu comme un travailleur manuel, avec des vêtements tachés, des bottes de sécurité usagées et des mains usées.

— Bonjour, je suis Daniel Turcotte, le grand-père de Félix-Olivier. Je m'excuse pour mon accoutrement, j'avais complètement oublié la rencontre. Je n'ai pas eu le temps de me changer.

Simone sourit.

— Aucun problème, j'ai l'habitude des habits tachés de peinture dans ma classe.

L'homme semble amusé, mais reste discret. Simone sent qu'il pose sur elle un regard perçant, mais elle sait pourquoi. Si ce que Victor lui a dit est vrai et qu'elle ressemble à la mère de Félix-Olivier, elle doit rappeler à l'homme sa propre fille.

— Vous allez bien, monsieur Turcotte ?

— Tu peux me tutoyer. Monsieur Turcotte, c'était mon père.

Simone sourit à nouveau. L'homme a beau avoir un visage sérieux, il ne manque pas d'humour. Elle l'invite à s'asseoir. Sitôt que c'est fait, le grand-père s'empresse de dire :

— Félix t'aime bien.

— Ah oui ? Il vous l'a dit ?

En prononçant ces mots, Simone regrette sa question. Elle a parlé trop vite. Daniel Turcotte ne semble heureusement pas insulté et il répond avec naturel :

— À sa façon, oui.

— J'aimerais que vous... que tu me parles de Félix-Olivier.

— Tu veux savoir pourquoi il ne parle pas, c'est ça ?

Simone se raidit. Elle ne s'attendait pas à une réponse si directe.

— Ça, mais aussi comment il est à la maison avec vous.

— Je vais te répéter ce que j'ai dit à l'autre maîtresse au début de l'année. Félix-Olivier n'a jamais parlé. Il ne pleurait même pas quand il était bébé. Au début, on essayait beaucoup de le faire parler, mais là, on se dit qu'il le fera bien à un moment donné. Et peut-être qu'il n'est pas capable de le faire non plus.

— Est-ce que vous avez consulté un médecin ?

— Oui, oui, on a fait tout ce qu'il faut, mais on n'a pas de réponse précise.

— Je vais essayer aussi de mon côté de le stimuler. En vieillissant, il va sûrement comprendre l'importance de la parole.

— Ne perds pas trop ton temps avec ça.

Simone est surprise par cette dernière affirmation, mais elle continue sans le laisser paraître.

— Sinon, à la maison, comment ça va ?

— Ça va.

— Est-ce que Félix-Olivier vous semble heureux ?

— C'est pas un enfant souriant.

Simone prend quelques notes.

— Oui, j'ai remarqué qu'il est plutôt sérieux. Je me demandais si c'était seulement à l'école ou à la maison aussi. De mon côté, ça va bien avec Félix. Même s'il ne parle pas, il arrive à se faire comprendre par ses gestes. Il est souvent collé à moi, par contre. Je vais essayer de lui apprendre à être plus autonome.

Le grand-père s'étonne de cette dernière affirmation.

— Ah oui… ?

— Vous avez l'air surpris.

— C'est juste que Félix n'est pas du genre câlin. C'est plus un indépendant. Mais tu es la première jeune femme qu'il rencontre. Alors, peut-être que…

L'enseignante fronce les sourcils et répète :

— La première jeune femme ? Qu'est-ce que vous… tu veux dire ?

— On ne sort pas très souvent. Félix n'a pas rencontré de femmes comme toi, c'est tout.

Simone cache difficilement sa surprise. Comment un enfant de cinq ans peut-il n'avoir jamais vu de jeunes femmes ? Le grand-père flaire le malaise et se sent obligé de préciser :

— Il en a déjà vu, mais il n'a jamais eu de relation avec elles, je veux dire. Dans le sens qu'il n'a jamais eu de lien proche, tu comprends ce que je veux dire ?

— Je comprends. Effectivement, je pense qu'on a bien connecté.

Le grand-père réagit à peine aux paroles de Simone, et sa mince réaction ne semble pas positive. Comme s'il ne la croyait pas, ou qu'il désapprouvait ses propos. C'est difficile à dire, avec un homme aussi impassible.

— Écoute, la mère de Félix-Olivier est morte le jour où elle l'a mis au monde. Les médecins disent que le petit a un trouble de l'attachement. Je pense qu'il ne faut pas trop que tu le laisses s'attacher à toi, parce que ça va être dur pour lui quand l'année sera finie. Il faut qu'il apprenne à vivre sans mère, tu comprends ? Peux-tu juste être sa maîtresse, rien d'autre ? Apprends-lui à compter et à écrire son nom, ce sera déjà bien.

Les propos de l'homme surprennent Simone à un point tel qu'elle ne sait plus quoi répondre. Elle cherche quelque chose d'intelligent à répliquer quand on frappe à la porte.

Simone se dit que ce doit être le parent de sa prochaine rencontre qui est déjà là. Elle va ouvrir et découvre plutôt Félix-Olivier dans le couloir. En voyant son petit-fils, Daniel se lève d'un bond et le sermonne :

— Qu'est-ce que tu fais ici, toi ? Tu devais rester avec mamie Jaja dans l'auto !

Une voix enrouée, plus loin dans le couloir, répond :

— Il voulait venir voir madame Simone, il est sorti de l'auto sans m'écouter.

L'enseignante s'étire le cou et aperçoit une très vieille femme munie d'une canne blanche. Elle se dit que ce doit être la dame aveugle dont lui a parlé Suzanne. Daniel aurait laissé son petit-fils seul dans la voiture avec une vieille femme aveugle ?

Simone tente de calmer le jeu.

— Ce n'est rien, je suis contente de le voir.

Félix enlace avec vigueur la jambe de son enseignante, mais son visage ne montre aucune émotion.

La vieille femme s'arrête net de marcher et demande :

— Qu'est-ce qu'il fait ?

Daniel précise :

— Il lui fait un câlin.

L'homme et la vieille dame semblent étonnés, comme si Félix-Olivier venait de prononcer ses premiers mots. Simone tente de comprendre la situation. Elle regarde la dame et demande :

— Félix-Olivier est très affectueux ! Et vous êtes... ?

— Une amie.

Daniel ajoute :

— Madame Langelier prend soin de Félix avec moi depuis sa naissance. Elle est beaucoup plus qu'une amie.

Simone ne comprend pas pourquoi son élève est pris en charge par un grand-père qui lui semble complètement dépassé et une vieille dame aveugle plutôt que par son père.

Daniel attrape la main de son petit-fils, qui ne résiste pas, et s'adresse à l'enseignante.

— On va rentrer, Félix doit prendre son bain.

Il penche la tête vers l'enfant :

— Hein, mon grand, on va aller te laver.

Félix-Olivier ne cligne même pas des yeux. Il reste de glace devant les propos de l'homme. Simone est surprise par l'interruption subite de la réunion, qui n'était pas terminée. Il y avait encore des choses dont elle souhaitait discuter. Mais le malaise est maintenant si grand qu'elle ne s'oppose pas à ce que ça s'arrête.

Pendant que Daniel s'éloigne avec son petit-fils, la vieille femme s'avance vers Simone. Elle agite ses mains devant elle. L'enseignante comprend qu'elle cherche à la toucher ; elle lui tend donc sa main. Madame Langelier l'agrippe et la tâte doucement. Simone voudrait disparaître. Pendant ce temps, le grand-père tourne le coin du couloir. La vieille femme prend enfin la parole :

— Félix-Olivier est un enfant complexe et fragile. Il ne parle pas pour être plus fort. Il ne faut pas lui faire baisser sa garde, ça ne serait pas bon pour lui.

Simone veut répondre, mais la vieille femme continue sans faire de pause.

— Vous ressemblez beaucoup à sa maman. Ne lui faites pas croire que vous êtes elle, vous ne pouvez pas le sauver.

Simone est confuse ; elle voudrait dire qu'elle n'a nullement l'intention de prendre la place de la mère de l'enfant. En même temps, elle tente de comprendre le sens des mots de la vieille femme. Tout ça lui semble tellement décousu.

Avant qu'elle ait le temps de se défendre, la porte du local d'en face s'ouvre. Suzanne salue les parents qu'elle vient de rencontrer quand elle remarque la présence de la vieille dame. Elle s'adresse à elle avec un air légèrement hautain.

— Ah ! Tiens, madame Langelier, je ne pensais pas vous voir ce soir.

La vieille femme libère la main de Simone, tourne les talons et marmonne :

— Bonsoir, Suzanne, je m'en allais.

— Faites attention à la marche en sortant.

Une fois que tout le monde est parti, l'enseignante d'expérience lance à Simone :

— Elle est un peu sénile, la bonne femme. N'hésite pas à faire un signalement si jamais...

Simone est bouche bée. Elle ne sait plus quoi penser, et ce n'est certainement pas avec Suzanne qu'elle va arriver à se concentrer. Elle acquiesce sans conviction et rentre dans sa classe.

Le reste de la journée, Simone a la tête ailleurs. Elle fait ses rencontres en repensant à la famille Turcotte.

Plus tard, au volant de sa voiture, elle y songe encore. Tout a été si vite qu'elle n'arrive pas à se rappeler les mots exacts qui ont été échangés, mais elle en garde une impression amère. Elle regrette de ne pas avoir pris plus de notes, car cette rencontre l'a assez chamboulée pour qu'elle décide de porter dorénavant une attention particulière à ce garçon qui ne vit peut-être pas dans une famille saine. Insinuer qu'elle veut prendre la place de sa défunte mère, c'est complètement tordu. Et lui demander de s'en tenir strictement à l'enseignement de base, sans en faire davantage, c'est à la fois anormal et inquiétant.

* * *

Samedi matin, Simone se rend au centre-ville de Val-d'Or. Elle souhaite acheter ses cadeaux de Noël, mais elle ne trouve rien d'intéressant pour sa famille. Son père se procure toujours tout ce dont il a besoin, son frère n'est jamais content de ce qu'on lui offre, et les attentes de sa sœur sont tellement élevées qu'aucun cadeau ne la satisfera. Par contre, pour gâter ses élèves, l'enseignante ne manque pas de choix. Elle a même prévu de débourser un peu de sa poche pour leur faire plaisir.

En feuilletant les bouquins à la librairie La Galerie du livre, elle repense à la conversation qu'elle a eue la veille avec le grand-père de Félix-Olivier et la femme aveugle. Elle se rappelle que la vieille dame lui a dit que Félix-Olivier ne parlait pas pour être plus fort. Et tout comme

Victor, elle a prononcé le mot « sauver ». Et puis, Simone se souvient d'un détail qui lui a échappé sur le coup, mais qui maintenant lui semble vraiment bizarre : cette dame a dit qu'elle ressemblait à la mère de Félix-Olivier, mais comment a-t-elle pu l'affirmer, si elle est aveugle ?

Simone dépose le livre qu'elle a entre les mains et en prend un deuxième, sans vraiment y porter attention, puisqu'elle est perdue dans ses pensées. En constatant à quel point cette famille est étrange, Simone en vient à se demander si ce n'est pas le grand-père de l'enfant qui lui interdit de parler. C'est possible, puisque les deux adultes semblent insinuer que c'est mieux pour lui de garder le silence. Peut-être ont-ils peur de ce qu'il pourrait révéler ?

Simone dépose le livre et continue de fixer les étagères.

Elle se demande aussi pourquoi Victor, qui est en âge de prendre ses responsabilités, ne s'occupe pas de son propre fils. On dirait que cet enfant est prisonnier de sa famille. Simone prend alors la décision de se mettre sur le cas de Félix. Cet enfant a l'air trop malheureux, et elle s'en voudrait s'il lui arrivait quelque chose.

Après tout, c'est son devoir d'enseignante de veiller à sa sécurité.

Perdue dans ses pensées, Simone ne remarque pas que deux clients qu'elle connaît bien viennent d'entrer dans le commerce. Ce n'est que lorsqu'elle entend son nom prononcé par une petite voix d'enfant enjouée qu'elle lève la tête.

— Madame Simone !!!

Léa court vers elle et l'étreint avec amour. L'enseignante, surprise, s'exclame :

— Léa ! Bonjour ! Qu'est-ce que tu fais ici ? Je suis contente de te voir.

Alexandre se tient devant elle, radieux.

— Eh bien, madame Simone, quelle belle surprise !

— Vous êtes venus acheter des livres ?

Léa, enthousiaste, répond :

— Oui, parce que j'ai eu un beau bulletin.

Simone sourit et regarde le père sans masquer son admiration. Alexandre est totalement conscient qu'il vient de marquer un point en amenant sa fille dans une librairie pour la récompenser plutôt qu'au McDonald's. Ça se voit. Il en profite pour lancer :

— **Hé, Léa, demande donc à madame Simone si elle veut venir manger avec nous.**

La petite saute sur place.

— **OH OUI !!! Est-ce que tu veux venir ?**

Une enfant qui s'enthousiasme et un papa vraiment mignon... Impossible pour Simone de dire non !

* * *

L'enseignante passe un si bon moment au restaurant en compagnie d'Alexandre et de sa fille qu'elle se surprend à se dire qu'elle aimerait peut-être être une belle-mère. Elle a toujours su qu'elle voulait des enfants et elle se demande si Alexandre serait prêt à recommencer. Puis, elle se gifle intérieurement. C'est complètement ridicule de penser ça à propos d'un homme qu'elle n'a même pas encore embrassé. Elle termine le repas et promet à Alexandre de le rappeler. Elle poursuit ensuite ses achats avant de rentrer chez elle, le coffre rempli de surprises et le cœur léger.

Les jours qui suivent sont routiniers. Simone travaille beaucoup, voit un peu ses copines, passe ses soirées à discuter sur MSN avec Alexandre et rêve des vacances qui approchent. Les deux nouveaux amis ont même prévu de faire quelque chose de spécial ensemble pour l'occasion, comme aller dormir dans un chalet.

Simone décide d'adopter un ton amical avec lui durant leurs échanges. Elle reste sceptique quant au fait qu'il puisse s'intéresser à elle pour une histoire d'amour sérieuse. Une partie d'elle voudrait clarifier la situation, mais elle a peur de la réponse. La jeune femme préfère se contenter d'une relation d'amitié ambiguë plutôt que de n'avoir aucun lien avec lui. Tant qu'elle ne sera pas certaine à cent pour cent qu'Alexandre s'intéresse à elle pour de vrai et non juste pour une histoire sans lendemain, elle ne tentera rien, c'est certain.

À l'école, les enfants sont excités par la frénésie des fêtes de fin d'année. La discipline en classe est plus difficile, les élèves sont plus dissipés et agités. Frédéric a griffé Félix-Olivier en prétextant qu'il lui avait fait des yeux méchants, et Jacob s'est enfermé dans l'armoire de bricolage en criant qu'il avait peur du feu, alors qu'il n'y avait évidemment aucun incendie. Une flopée d'incidents inhabituels sont survenus, prouvant que les vacances feraient du bien à tout le monde!

Un matin de décembre, Simone revient du gymnase, qui se trouve au sous-sol de l'école, avec son groupe. Les enfants marchent en rang les uns derrière les autres en silence. Ce n'est qu'une fois de retour dans sa classe que l'enseignante constate que Félix ne les a pas suivis. Elle demande à Suzanne de surveiller sa classe pendant qu'elle redescend en vitesse pour aller chercher son élève. En entrant dans le gymnase, elle fait le tour rapidement, sans l'apercevoir. Elle l'appelle, mais il ne répond pas. Ce n'est qu'en revenant sur ses pas qu'elle le trouve, planté au milieu des toilettes des garçons, entre les cabines et le lavabo, en train de se regarder dans le miroir. Soulagée, Simone se met dans le cadre de porte et s'adresse à l'enfant.

— Félix-Olivier, je te cherchais partout. Il faut suivre le groupe, mon minou.

L'enfant continue de fixer le miroir sans réagir aux propos de son enseignante.

— Félix-Olivier ?

Le garçon reste planté là comme un piquet, les bras de chaque côté du corps. Il respire plus fort qu'à l'habitude. Simone s'approche de lui et met la main sur son épaule.

— Est-ce que tout va bien, mon minou ?

Le gamin sursaute et semble chercher Simone du regard, comme si ses yeux ouverts ne la voyaient pas. La peur se lit sur son visage pendant quelques secondes, puis il revient à lui. On dirait qu'il vient de se réveiller d'un cauchemar. Il retrouve peu à peu son visage stoïque, neutre et sans émotion. Simone lui tend la main.

— Tu viens, Félix ?

Le garçon attrape sa main et coopère. Avant de quitter les toilettes, il jette un dernier regard au miroir, puis il se retourne et avance avec son enseignante.

De retour en classe, Simone note dans son cahier d'observation: «Crise d'absence? Épilepsie?» Comme c'est la première fois qu'elle remarque un tel comportement chez son élève, elle n'en tire aucune conclusion, mais elle se fait un devoir de porter une plus grande attention à Félix-Olivier. Simone se dit que si l'enfant fait de l'épilepsie ou s'il a un trouble neurologique, ça pourrait expliquer son mutisme.

Plus tard ce jour-là, elle prend un moment avec lui pour lui expliquer qu'il doit suivre le groupe en tout temps et l'avertir s'il va aux toilettes. Félix écoute les consignes de son enseignante avec son air morose habituel. Il ne s'oppose pas, mais n'approuve pas non plus. Ce n'est pas facile d'éduquer un enfant si peu expressif.

Les jours passent, et le garçon ne semble avoir aucun autre épisode d'absence. C'est une bonne nouvelle, mais Simone espère toujours comprendre pourquoi il ne parle pas. L'enfant accumule les dessins étranges qui se ressemblent tous. Quand ce ne sont pas des personnages aux yeux, à la bouche et au ventre barbouillés de rouge, ce sont des huit à répétition.

Source anonyme

Le huit est, selon Simone, le chiffre préféré de l'enfant, qui s'amuse à le tracer un peu partout. Une constatation qu'elle note également dans son cahier en y ajoutant un dessin à titre d'exemple. Elle sait que son rôle d'enseignante de maternelle est de s'assurer que les enfants différents ont rapidement accès aux services nécessaires à leur développement. Il lui importe d'être la meilleure pédagogue possible, et elle ne voudrait surtout pas que son manque d'expérience nuise à un élève. L'autisme devient pour elle une autre avenue à envisager pour expliquer le comportement de Félix-Olivier, mais comme elle n'est ni psychologue ni médecin, elle se garde de parler de cette hypothèse à qui que ce soit, et même de l'écrire dans ses notes.

Le vendredi 16 décembre 2005, les colères se multiplient dans la classe de Simone. L'enseignante se désole en constatant qu'elle perd le contrôle du groupe. Elle ne comprend pas pourquoi les enfants réagissent de la sorte. Les vacances qui approchent ont certainement à voir avec leur état de fébrilité, mais les hurlements, les crises et les colères sont, à son sens, exagérés. Elle soupçonne une réaction à retardement au départ de l'ancienne titulaire de la classe. C'est pourquoi elle installe un coin détente où les enfants pourront aller se calmer en douceur. Elle monte une petite tente en tissu, juste à côté du sapin de Noël, dans laquelle elle dépose des peluches : un ours polaire, un pingouin, un phoque… De quoi donner aux petits l'impression qu'ils sont dans un igloo. Un lieu douillet et accueillant pour un enfant de cinq ans qui a du chagrin.

Toute la matinée, les élèves y vont chacun leur tour. Ils semblent tous apprécier le petit espace de détente, particulièrement Félix-Olivier, qui y reste un peu plus longtemps que les autres. Simone est fière de son coup.

Pendant la récréation, en balayant la cour du regard comme le font toutes les bonnes surveillantes, Simone constate qu'elle ne voit pas Félix-Olivier. Elle compte plusieurs fois les enfants en changeant d'angle pour avoir une meilleure vision, mais elle arrive toujours au même résultat : il lui manque un élève, et c'est Félix. La récréation est commencée depuis plus de cinq minutes ; un enfant seul peut faire beaucoup de choses dans un tel laps de temps. Comme c'est la deuxième fois que ça arrive en peu de jours, Simone se sent encore plus incompétente.

Encore une fois, elle demande à Suzanne de surveiller son groupe et elle court à l'intérieur, à la recherche de son élève. La doyenne soupire. Cette jeune Simone est, selon elle, un peu trop tête en l'air, et elle doute qu'elle reste longtemps dans l'enseignement.

Une fois à l'intérieur, Simone monte l'escalier qui mène au couloir des classes de maternelle, quand elle a l'impression d'entendre une voix provenant de son local. Elle se demande si Félix-Olivier s'y trouve avec un autre enfant. Elle entre, mais ne voit personne. Comme elle tourne les talons pour aller jeter un œil dans la classe de Suzanne, elle entend à nouveau une petite voix qui dit : « Je ne peux pas faire ça », puis un rire étouffé. Ça semble venir de la tente. Simone avance en se demandant avec qui Félix peut bien jouer dans un si petit espace. Elle tire sur le bout de tissu qui sert de porte et surprend l'enfant assis par terre. Dans une main, il tient une poupée dont les yeux, la bouche et le ventre ont été gribouillés en rouge et, dans l'autre main, il serre le petit miroir aimanté qui normalement se trouve sur une armoire du local.

Simone est confuse. Elle est certaine d'avoir entendu parler. Elle en vient à se demander si ce n'est pas Félix-Olivier qui aurait prononcé ces quelques mots. Le garçon, quant à lui, a la tête d'un enfant qu'on vient de prendre la main dans le sac. Il est figé et nerveux. L'enseignante le fixe un moment en espérant qu'il ouvrira la bouche une seconde fois, mais l'enfant n'en fait rien. Elle finit par intervenir :

— Félix-Olivier, tout le groupe est dehors, tu ne peux pas rester ici tout seul, tu...

Simone n'a pas terminé sa phrase que l'enfant lui met un doigt sur la bouche en pinçant ses lèvres comme s'il disait « chut ».

Simone se tait tout en regardant autour d'elle si quelqu'un d'autre se trouve avec eux dans la pièce. Mais non, elle est pourtant seule avec le garçon. À voix très basse, elle dit :

— Pourquoi on ne peut pas parler ?

Contre toute attente, l'enfant chuchote à son tour :

— Elle va nous entendre.

Le cœur de Simone explose. Elle a réussi ! Elle savait bien que cet enfant savait parler. Si elle parvient à gagner sa confiance, il lui révélera peut-être des choses qui lui permettront de monter un dossier plus crédible pour les services sociaux. Toujours dans le plus doux des murmures, elle entre dans le jeu et souffle :

— Qui va nous entendre ?

Félix-Olivier ne répond pas. Il prend le petit miroir qu'il tient dans sa main et le cache entre ses jambes croisées. Simone demande une fois de plus :

— Qui va nous entendre, mon minou ?

Le garçon chuchote :

— Maman.

CHAPITRE 6

LE SILENCE

Après l'école, sur les conseils de sa direction, qu'elle est immédiatement allée informer de ce qui venait de se passer, Simone remplit une demande d'évaluation en psychologie pour Félix-Olivier. La femme sait maintenant qu'il peut parler, mais qu'il refuse de le faire, ce qui n'est pas normal. Même si le grand-père dit que son petit-fils a déjà reçu de l'aide au privé, Simone a appris par la secrétaire que l'homme refusait de remettre le rapport à l'école. En plus de son mutisme volontaire, l'enfant craint que sa mère décédée puisse le surprendre à tout moment, ce qui est très inquiétant. Se pourrait-il que sa famille ne lui ait pas expliqué le concept de la mort? Certains parents veulent à tout prix éviter de faire du chagrin à leurs enfants et leur racontent toutes sortes d'histoires qui laissent supposer que la personne décédée est encore présente, qu'elle nous protège ou qu'elle nous entend. Bref, bien que ces parents aient de bonnes intentions, leur comportement risque, selon la nouvelle enseignante, de retarder le deuil ou, pire, de créer des traumatismes.

Simone sait ce que c'est que de perdre un proche. Il lui arrive à elle aussi de s'adresser à sa défunte mère, mais la différence, c'est qu'elle est consciente que sa mère ne l'entend pas. Elle lui parle comme on se parle à soi-même, sans avoir peur que sa mère porte un jugement.

Quoi qu'il en soit, sa rencontre avec le grand-père de Félix-Olivier n'a pas été satisfaisante pour Simone. Avec le recul, elle estime qu'elle doit le rencontrer une seconde fois, afin de l'informer des démarches entreprises par l'école. Elle veut aussi lui avouer que son petit-fils a parlé et voir comment il réagira à cette nouvelle. Agir en toute transparence est toujours la clé d'une bonne communication.

Après avoir rempli sa paperasse, Simone passe un coup de fil à Daniel Turcotte pour lui demander ses disponibilités pour une deuxième rencontre. Étonnamment, l'homme lui répond qu'il peut venir immédiatement. Simone hésite : elle aurait peut-être intérêt à se préparer d'abord. Comme elle a très peu de temps pour réfléchir, elle décide d'accepter en se disant qu'il vaut mieux battre le fer pendant qu'il est chaud. La disponibilité dont fait preuve le grand-père indique probablement que la famille souhaite ce qu'il y a de mieux pour Félix-Olivier. La titulaire voit ça comme un bon signe et elle décide de saisir l'occasion qui s'offre à elle. Elle propose donc à l'homme qu'ils se rencontrent dans l'heure qui suit.

En attendant l'arrivée du grand-père, Simone classe ses papiers et révise ses notes. L'horloge fait un demi-tour avant qu'on frappe à la porte du local. C'est avec étonnement que Simone accueille monsieur Turcotte, madame Langelier et Victor. Ne s'attendant pas à faire face à un escadron, elle se sent prise au dépourvu et un peu piégée.

— Oh ! Bonjour, je ne m'attendais pas à vous voir tous les trois.

Victor se contente de sourire, tandis que madame Langelier fixe le vide. Daniel s'avance.

— Ça nous concerne tous.

Simone s'écarte de la porte pour les inviter à entrer et lance :

— Oui, vous avez bien raison.

Pendant qu'ils s'installent sur les petites chaises devant la table basse, Simone réfléchit à la meilleure façon de commencer cette rencontre. Son manque d'expérience est flagrant. Elle regrette d'avoir accepté une réunion si hâtive ; c'est une erreur de débutante !

Elle s'assoit en se mordillant les lèvres, puis elle joue le tout pour le tout.

— Je suis contente que vous soyez là tous les trois, parce que j'ai quelque chose de vraiment important à vous dire.

Les personnes devant elle affichent une tête d'enterrement, un mélange de peur et de passivité, comme si elles attendaient un châtiment bien mérité. Simone interprète leur silence comme une invitation à continuer, alors elle poursuit :

— Aujourd'hui, Félix-Olivier m'a parlé.

Victor penche la tête vers l'arrière en poussant un long soupir ; Daniel laisse tomber la sienne dans sa main en se frottant les tempes avec ses doigts, et la vieille dame se contente de pincer légèrement les lèvres.

Devant cette réaction étrange, les soupçons de Simone se confirment. C'est probablement la famille qui interdit au jeune garçon de parler. Ce scénario est très perturbant, et le stress de l'enseignante grimpe en flèche à l'idée de se retrouver seule en compagnie de ces trois personnes potentiellement dérangées.

Madame Langelier demande :

— Qu'est-ce qu'il a dit ?

Anxieuse, Simone se replace sur sa chaise et répond :

— Il a dit qu'il ne fallait pas parler parce que sa mère pourrait nous entendre.

Simone examine la réaction de chacun. Victor semble avoir le menton qui tremble, comme s'il retenait des pleurs ; Daniel a plutôt l'air de craindre le pire, alors que la vieille dame semble confuse, mais intéressée. Aucune de ces réactions ne ressemble à ce que Simone avait imaginé, mais elle donne la chance à la famille de se confier à elle.

— Vous êtes certains qu'il n'avait jamais parlé avant ça ?

C'est Daniel qui répond avec assurance :

— Non, jamais, on n'est pas des menteurs.

Intérieurement, l'enseignante est outrée par ce qu'elle prend pour un double mensonge. Comment peuvent-ils encore nier l'évidence ? Victor prend une grande respiration et dépose ses coudes sur la table. Le corps tendu, il se rapproche de Simone et dit d'une voix tremblante :

— Écoute, Simone, je sais que tu dois penser plein de choses sur nous. Tu dois même être sur le point de faire un signalement à la DPJ[3], si ce n'est déjà fait, mais Félix-Olivier n'est pas un enfant comme les autres. On essaie juste de le protéger. Et toi, tu ne nous aides vraiment pas.

Madame Langelier pose une main remplie de compassion sur le dos du jeune homme, pour le calmer. Simone tend une perche à la famille.

→ 3 La DPJ est la Direction de la protection de la jeunesse.

— Peut-être pourriez-vous m'expliquer comment je peux vous aider ?

Victor soupire et secoue la tête en haussant la voix :

— Ne fais rien ! Ça, ça nous aiderait. Juste ne rien faire. Parce que de toute façon, tu ne peux pas comprendre.

Même si elle est ébranlée, Simone tente de se montrer rassurante :

— On peut toujours essayer.

Le grand-père et le beau-fils se regardent. Madame Langelier semble humer l'air ambiant comme si une odeur y planait, mais il n'en est rien. À part le parfum de la vieille école mêlé à celui de la gouache, il n'y a rien d'intéressant à sentir.

Daniel prend à nouveau la parole, mais cette fois-ci d'un ton plus sévère :

— Ma fille n'est pas décédée en mettant son fils au monde, elle s'est suicidée.

Simone ne trouve rien de mieux à dire que :

— Oh, je suis désolée.

— Camille était internée à l'hôpital de Malartic. Elle souffrait de schizophrénie paranoïde. Elle avait des hallucinations où elle voyait sa mère décédée, et ça lui a fait beaucoup de mal.

Simone tente d'avoir l'air d'une fille qui en a vu d'autres et demande :

— Et vous pensez que Félix-Olivier vit un peu la même chose ?

Le grand-père poursuit :

— D'une certaine manière, oui.

— Vous m'avez dit qu'il avait déjà été vu par un médecin, c'est bien ça ?

Le grand-père demeure froid, en contrôle et direct.

— J'ai dit ça.

— Et il en a pensé quoi ?

— Je viens de vous le dire.

Daniel se lève et déclare rudement :

— Écoutez, madame Simone, merci beaucoup pour tout. Nous pensions que Félix-Olivier pouvait fréquenter une école normale, mais je crois qu'il serait préférable pour lui d'aller dans une école spécialisée.

Victor, visiblement à bout de nerfs, se lève à son tour en approuvant aussitôt les paroles du grand-père.

Simone est sous le choc: elle ne s'attendait pas à une telle réaction. Elle ne trouve pas les mots pour répondre. Elle bafouille quelques «OK», mais rien de plus pertinent ne sort de sa bouche. Les trois visiteurs quittent la classe, sous l'œil hébété de la titulaire. Après quelques secondes où elle reste figée, Simone finit par les rejoindre dans le couloir et dit d'une voix beaucoup trop aiguë pour être crédible:

— Le directeur va quand même vous contacter pour en reparler.

Le grand-père ne se retourne même pas: il se contente de lever la main, et il disparaît en tournant le coin avec ses deux acolytes.

Simone revient dans sa classe, ébranlée par cette rencontre. Elle est inquiète pour Félix-Olivier.

Et si l'enfant se faisait punir pour avoir parlé ? Et si cette famille était complètement folle ? L'enseignante réalise qu'elle a fait une erreur en convoquant le grand-père si vite. La gorge nouée par l'émotion, elle s'empresse de se rendre au bureau du directeur pour lui expliquer la situation et lui demander conseil. Mais évidemment, comme il est presque 17 h 30, ce dernier a déjà quitté l'école. D'ailleurs, tous les enseignants sont rentrés chez eux. Simone se sent démunie. Elle retourne plusieurs fois la situation dans sa tête et décide d'appeler la DPJ. Si elle ne le fait pas et qu'il arrive quelque chose à l'enfant, elle s'en voudra. Simone préfère faire un signalement pour rien que ne pas le faire et le regretter.

Assise dans la salle réservée au personnel, le combiné du téléphone en main, l'enseignante tremble. Elle ne pensait jamais avoir à dénoncer une famille lors de son premier contrat de travail. Elle a la bouche sèche et les mains moites. La personne au bout du fil répond. Simone se présente et raconte son histoire. Elle fait part de ses inquiétudes et expose sa théorie, selon laquelle la famille empêche peut-être l'enfant de parler.

La personne à l'autre bout du fil demande si Félix-Olivier présente des signes de violence, si Simone a observé des marques ou quoi que ce soit d'autre qui puisse sembler inquiétant. Après une longue discussion, l'intervenante informe Simone qu'elle la recontactera pour faire un suivi de la situation, mais qu'elle ne pense pas que ce garçon soit en danger immédiat. Toutefois, son cas sera évalué dans les prochaines semaines.

La jeune femme raccroche, soulagée d'avoir fait son devoir. Elle revient dans sa classe, épuisée, puis ramasse ses affaires, débranche les guirlandes lumineuses du sapin et éteint les lumières de son local.

En descendant l'escalier qui mène à la porte extérieure, Simone aperçoit une silhouette dans la pénombre. Son cœur cesse de battre. Et si Daniel ou Victor lui en voulaient et qu'ils attendaient sa sortie de l'école pour s'en prendre à elle ? Et s'ils étaient des hommes violents ? Elle n'a rencontré Victor que deux fois, elle ne sait presque rien de lui. La jeune femme ralentit le pas et tente de distinguer dans l'ombre qui se tient de l'autre côté de la porte vitrée. En s'approchant, elle finit par reconnaître la vieille femme aveugle. Elle soupire de soulagement : ce n'est quand même pas une vieille dame de près de cent ans, aveugle, en plus, qui va lui faire peur.

Simone pousse la porte et salue madame Langelier, qui s'empresse de lui dire :

— Simone, je dois absolument vous parler.

Dans la tête de la jeune femme, tout va très vite. Même si elle a peur de ce que la dame va lui révéler, elle est curieuse de savoir. Madame Langelier ajoute :

— On peut aller au restaurant, si vous voulez. J'imagine que vous êtes craintive et que vous préférez qu'on discute dans un endroit public.

La vieille a visé juste. Simone est le genre de pédagogue qui croit que la collaboration avec la famille est la clé du succès en éducation, surtout pour les élèves qui ont des besoins spécifiques. Si bien que même si ce genre de rencontre est inhabituel, n'écoutant que son cœur, elle accepte la proposition. Madame Langelier ajoute :

— Ma fille va venir me chercher. On se rejoint là-bas ?

Simone regarde autour d'elle et aperçoit une petite camionnette grise toujours en marche, stationnée au bout de l'allée.

— Pouvez-vous juste me dire où se situe le restaurant ? Je ne suis pas d'ici.

La vieille dame donne les indications. Comme elle n'est pas aveugle de naissance, elle conserve une bonne image mentale de la ville, ce qui lui permet de guider la jeune enseignante sans difficulté. Elles se séparent ensuite pour se retrouver quelques minutes plus tard au restaurant Idéal.

Une fois qu'elles sont attablées, une serveuse vient les voir. Elle est jeune, dans la vingtaine, et souriante. Malgré son âge, elle est visiblement expérimentée, et elle s'adresse à elles de manière familière.

— Salut, madame Langelier, contente de vous voir. Est-ce que c'est pour dîner ?

— Bonjour, Virginie. Oui, je vais manger, sinon mon taux de sucre risque de trop baisser. Virginie, je te présente Simone. C'est la maîtresse de Félix-Olivier.

La serveuse salue Simone de la tête en tentant de dissimuler son malaise et elle s'empresse d'ajouter :

— Je vous laisse un menu et je reviens dans vite avec un bon café.

Virginie se sauve. Car oui, Simone a bien l'impression que la serveuse vient de se sauver d'elle.

Madame Langelier, quant à elle, tâtonne autour d'elle. Elle touche son napperon de papier, ses ustensiles, sa serviette de table, le poivre et le sel ainsi que le verre déjà rempli. Elle empoigne ce dernier et en boit une gorgée en ne se retenant pas de faire claquer son dentier. Simone la regarde et pense : « Cette femme a au moins cent ans, c'est certain. » Puis, elle demande :

— Voulez-vous que je vous lise le menu ?

— Non, c'est gentil, je le connais par cœur.

Pendant que Simone tourne les pages, la vieille commence à parler :

— Écoutez, Simone, vous devez savoir que, comme vous, nous voulons que Félix-Olivier soit heureux, mais surtout en sécurité.

La femme fait une pause et respire par petits coups saccadés. Elle prend une autre gorgée d'eau et poursuit :

— Sa mère était aux prises avec un mal bien plus grand que ce que vous pouvez croire.

Dans un geste au ralenti et tremblotant, la femme pointe son visage.

— C'est elle qui m'a fait ça. Ce ne sont pas mes vrais yeux, ce sont des prothèses. Je n'ai plus mes yeux.

Simone encaisse l'information en grimaçant sans subtilité. Heureusement qu'elle se trouve devant une non-voyante !

— Ce qui se passe dans la famille Turcotte est hors du commun. Ça n'a rien à voir avec ce que vous connaissez. Le rationnel n'a pas sa place dans l'histoire des Turcotte, et c'est mieux si vous restez loin d'eux.

Simone regarde autour d'elle, incertaine de ce qu'elle fait là. Au même moment, la serveuse revient avec deux cafés, qu'elle dépose sur la table.

— Est-ce que vous êtes prêtes à commander, mesdames ?

La vieille femme répond :

— Une soupe aux légumes pour moi.

Simone s'empresse d'ajouter :

— La même chose pour moi.

C'est un choix stratégique. Une soupe, c'est rapide à servir comme à manger. Alors, si elle en ressent le besoin, Simone pourra s'éclipser rapidement.

La serveuse fait quelques pas et revient, hésitante. Elle regarde Simone, se penche et lui dit :

— J'espère que vous êtes assez forte.

Madame Langelier grimace. Elle aurait préféré que Virginie trouve de meilleurs mots, mais elle ne lui en veut pas.

Simone n'a pas le temps de répliquer que la serveuse est déjà repartie. Elle questionne donc la dame devant elle :

— Qu'est-ce qu'elle veut dire ?

— Écoutez, madame Simone, je tiens à la sécurité de Félix-Olivier, mais je tiens également à la vôtre. J'ai peur que votre relation avec l'enfant puisse devenir dangereuse.

Simone sursaute.

— Dangereuse ?

— Je dis ça, et en même temps, je n'en suis pas certaine. Vous êtes peut-être une protection pour lui, mais je ne suis pas certaine de ça non plus. J'ai peur qu'à force de le stimuler, vous le réveilliez et qu'il s'en prenne à vous. Félix-Olivier n'avait jamais parlé avant de vous rencontrer et je n'arrive pas à savoir si c'est un bon ou un mauvais signe. Je suis vieille, et mon énergie s'épuise vite.

Simone plisse les yeux : elle ne comprend absolument rien à ce que la femme raconte.

Jadis, madame Langelier savait comment parler aux gens. Elle savait quoi dire et comment le dire. Mais les temps changent et, en vieillissant, elle se sent de plus en plus dépassée. À force de lutter contre quelque chose de si fort depuis tant d'années, elle s'est épuisée. Mais elle est incapable de baisser les bras, elle refuse de laisser tomber. Malheureusement, la réalité, c'est qu'elle n'est plus aussi intuitive qu'avant pour lire dans l'âme des autres; plus aussi précise pour anticiper ce qui pourrait arriver et surtout, trop faible pour partager son énergie avec ceux qui en ont besoin. D'autant plus que prendre soin du petit Félix-Olivier la ronge à petit feu.

Au moment où la serveuse revient avec les soupes, Simone aperçoit un visage connu qui fait son entrée dans le restaurant. C'est Victor, qui a l'air de chercher quelque chose. Quand il aperçoit Simone et madame Langelier, il s'avance aussitôt vers elles. Il semble contrarié. La serveuse lui lance un regard difficile à interpréter pour Simone. Ce qu'elle ne sait pas, c'est que Virginie est l'ex-petite amie de Victor et qu'elle était la meilleure amie de Camille Turcotte, la mère de Félix-Olivier. Lorsque madame Langelier est arrivée au restaurant avec Simone, la serveuse a cru bon d'en informer Victor, qui s'est empressé de venir voir ce que madame Langelier tramait.

Le jeune homme pose doucement sa main sur l'épaule de la vieille et salue les deux femmes poliment. Puis, sans demander la permission, il se tire une chaise et s'installe. La serveuse profite de la diversion pour déposer les soupes et s'éclipser. En s'assoyant, Victor lance:

— Je pense que cette rencontre me concerne moi aussi.

L'homme remarque aussitôt que madame Langelier a le teint très pâle, que sa respiration est faible et qu'elle est couverte de sueur. Rapidement, il demande :

— Ça va, madame Langelier ?

Visiblement, elle ne va pas bien, mais la femme se montre rassurante.

— Je suis un peu fatiguée, c'est tout.

Simone l'observe. En quelques secondes à peine, son état se détériore. Prise d'un vertige, la dame perd l'équilibre et bascule. Heureusement, Victor est là pour la retenir et l'empêcher de tomber de sa chaise.

À l'autre bout du restaurant, Virginie croise le regard de Victor et, sans que celui-ci ait besoin de parler, elle comprend qu'il faut appeler l'ambulance. Ce qu'elle fait aussitôt, les mains tremblantes. Une fois l'appel effectué, elle passe un deuxième coup de fil, cette fois à la fille de madame Langelier, qu'elle connaît bien, pour l'informer de la situation.

Tout se passe très vite. La jeune Langelier arrive en même temps que les ambulanciers. Les hommes en uniforme, bien connus dans la ville, pénètrent calmement dans le restaurant. Ils s'adressent à la femme par son nom et la convainquent de venir avec eux. Trop faible, la vieille dame n'a pas la force d'argumenter longtemps. Elle se laisse installer sur la civière, couverte de honte.

Simone ne sait plus où se mettre. Elle voudrait partir, mais elle sait que ce serait déplacé de sa part. Elle reste donc plantée là pendant toute la scène. Une fois que tout est revenu au calme, elle prend son manteau, mais Victor n'a pas l'intention de la laisser s'en aller. Il veut savoir ce que les deux femmes se sont dit avant son arrivée.

— Viens, Simone, on va s'installer au comptoir.

Simone se prépare à dire qu'elle va plutôt rentrer, mais avant qu'elle le fasse, Victor précise avec sérieux :

— C'est important.

Simone cligne des yeux lentement en hochant la tête en signe d'approbation et change de place pour s'installer au comptoir, plus près de Virginie, qui a repris son poste et qui est en train de laver des verres. En s'assoyant, Simone s'empresse de préciser :

— Écoute, Victor, je suis très mal à l'aise. J'ai compris que la serveuse semble connaître votre famille, mais je n'ai pas saisi ce qu'elle a essayé de me dire. Je sens que vous avez de lourds secrets, mais comme je suis l'enseignante de Félix-Olivier, je me trouve dans une drôle de position.

Victor enlève son bonnet, se gratte les cheveux. Il a l'air abattu, comme s'il se résignait à une défaite évidente. Il a peur pour madame Langelier, peur pour son fils et peur pour Simone. Virginie s'approche d'eux. Simone la regarde légèrement de travers, mais la fille explique :

— Je connais toute l'histoire. Je peux vous garantir que même si tout ce que Victor va vous révéler n'a aucun sens, c'est quand même la vérité.

La serveuse se tourne vers son ami et lui dit :

— Allez, Vic, t'as pas le choix, c'est pour sa sécurité.

À ces mots, Simone se raidit. Mais dans quel genre de ville a-t-elle débarqué ? Elle avait entendu dire que les gens étaient un peu bizarres à Malartic, mais elle ne pensait jamais que ce serait aussi grave.

Une petite voix à l'intérieur d'elle lui chuchote de se sauver en courant, tandis qu'une autre ne demande qu'à comprendre.

Virginie verse trois bières. Elle en dépose une devant Simone et une devant Victor. Le jeune homme prend le verre et en boit la moitié d'un seul coup.

— Félix-Olivier est coincé avec quelque chose à l'intérieur de lui qui va lui voler son âme.

L'homme a à peine commencé à parler que son téléphone sonne. Il soupire et met la main dans sa poche. Il prend l'appareil et répond. Il écoute attentivement, puis se lève d'un bond en pestant :

— C'est pas vrai !

Il prend son manteau tout en continuant d'écouter la personne au bout du fil. Il raccroche enfin, blanc comme le mur derrière lui. Virginie s'empresse de demander :

— C'est madame Langelier ?

Victor enfile son manteau et la regarde, avec une peur indescriptible dans les yeux.

— Non. C'est Félix. Il s'est coupé la langue en deux.

CHAPITRE 7

MOTUS ET BOUCHE COUSUE

Simone pousse un cri de surprise et de dégoût. Elle porte la main à sa bouche et reste les yeux écarquillés pendant plusieurs secondes. Comment un enfant peut-il se couper la langue en deux ? Victor se dirige vers la porte en disant :

— Je vais à l'hôpital.

Il sort rapidement, laissant entrer au passage un grand courant d'air froid. Les deux jeunes femmes se regardent ; elles sont sans mots. Elles prennent chacune une gorgée de bière, et Simone finit par déclarer :

— Mais ça n'a aucun sens. Comment un enfant pourrait-il se couper la langue en deux ?

Virginie fixe le vide. Son visage est dépourvu d'expression. Tout à coup, elle lance :

— On savait tous que ça allait arriver. On ne savait juste pas quand. Cet enfant-là n'aurait jamais dû venir au monde.

Simone s'offusque.

— C'est épouvantable de dire ça !

Virginie roule les yeux et les lève au ciel avant de dire d'une voix grave :

— T'as aucune idée à quel point.

Simone en a assez de ne rien comprendre. Elle se dit qu'elle va profiter de la présence de Virginie pour essayer d'en apprendre un peu plus.

— T'es parente avec la famille ?

— Non, une amie. J'étais la meilleure amie de Camille. J'ai été témoin de tout.

— De tout ?

— De tout.

Simone prend une gorgée de bière et demande :

— Est-ce que tu peux me raconter ?

Au même moment, un groupe de personnes entre dans le restaurant. Virginie, qui n'a nullement envie d'expliquer la situation à l'enseignante, prend des menus et dit d'un air faussement désolé :

— Je travaille... Et ce n'est pas à moi de faire ça. Mais quoi qu'il arrive à Félix-Olivier, je te conseille de ne pas t'en mêler et de rester loin de lui si tu tiens à ta vie.

Virginie s'éloigne. Simone avale sa gorgée de travers. Elle a juste envie de quitter cet endroit au plus tôt. Elle n'a aucune idée du montant de l'addition, mais elle s'en moque un peu. Elle sort un billet de vingt dollars de sa poche, ce qui sera amplement suffisant pour payer sa soupe, le pose sur le comptoir et quitte le restaurant.

En arrivant dehors, elle respire profondément et longuement l'air frais. Toute cette histoire va beaucoup trop loin. Si ces gens-là veulent retirer l'enfant de l'école, Simone se dit que ce n'est pas elle qui va les en empêcher. Puis, elle se surprend à penser : « Est-ce que Félix-Olivier s'est coupé la langue sur le sens de la longueur ou de la largeur ? » Elle grimace et essaie aussitôt de chasser cette idée.

Simone monte dans sa voiture, bouleversée par les événements. Elle coupe le son de la radio et traverse la ville éclairée de lumières de Noël, puis elle s'engage sur la route 117 noire et enneigée. Les phares des voitures qui viennent en sens inverse l'éblouissent. Simone déteste prendre cette route, qui la stresse chaque fois qu'elle l'emprunte.

L'idée que les Turcotte puissent faire partie d'une secte se présente à son esprit. Leur discours ésotérique est inquiétant. Elle se promet d'ailleurs de tout noter pour en informer les services sociaux et la police, s'il le faut.

Une fois arrivée chez elle, elle se sent si tendue qu'elle décide de se faire couler un bain pour essayer de se relaxer. Au moment où elle s'apprête à mettre le pied dans l'eau chaude, le téléphone sonne. Simone attrape le combiné en regardant l'écran : c'est Alexandre. Elle décroche :

— Salut.

— Salut, comment ça va ?

Simone pourrait mentir et dire que tout va bien, mais elle ne s'en sent pas capable. D'une voix aiguë et la gorge serrée, elle répond :

— En vrai, ça ne va pas du tout.

La jeune femme se surprend à pleurer. Elle a froid, si bien qu'elle retourne dans la salle de bain et s'immerge dans la baignoire. Alexandre demande :

— Qu'est-ce qui se passe ?

— C'est à propos d'un élève, je ne peux pas vraiment t'en parler, ça ne serait pas professionnel.

Simone voudrait se confier à son ami, mais elle est aussi l'enseignante de sa fille, ce qui la met dans une position délicate.

— Ne me dis rien, je vais deviner.

La femme continue de pleurer tout en riant devant l'impossibilité de la chose.

— OK, essaie pour voir.

— C'est à propos de Félix-Olivier ?

Simone sanglote :

— Oui, comment tu le sais ?

— Je sais qu'il est à l'hôpital. On peut en parler si tu veux.

Plongée dans l'eau chaude de son bain, Simone craque. Elle a besoin de se confier à quelqu'un. Incapable de répondre sans que sa voix se casse à cause de l'émotion, elle reste silencieuse un moment, respire profondément et ravale sa salive, qui coule difficilement dans sa gorge nouée.

— Écoute, Simonette, je viens chez toi. Léa est chez sa mère, je serai là dans pas longtemps.

Tout ce qu'elle arrive à émettre est un « OK » étouffé. L'homme confirme qu'il sera là dans trente minutes, et les deux amis raccrochent. Sitôt que c'est fait, Simone éclate en sanglots, qui ne s'arrêtent que lorsqu'elle n'est plus capable de pleurer. Elle reprend alors son souffle et plonge sa tête dans l'eau. Elle ne laisse que sa bouche et son nez dépasser, et elle ferme les yeux pour se laisser bercer. Comme elle a les oreilles immergées, les bruits ambiants deviennent sourds, ce qui est apaisant et ô combien sécurisant.

Simone reste ainsi pendant plusieurs minutes avant de se savonner. Puis, elle s'empresse de sortir du bain avant qu'Alexandre arrive. L'homme n'est jamais entré dans la maison de son amie, mais il sait où elle habite. Simone et Alexandre se sont beaucoup rapprochés dans les derniers jours, de façon virtuelle et par téléphone. Au cours d'une de leurs conversations, ils se sont aperçus que Simone est la voisine du collègue de travail d'Alex. Le monde est petit, surtout en Abitibi !

La jeune femme vient tout juste de finir de se brosser les cheveux et de se maquiller légèrement pour dissimuler ses cernes quand Alexandre frappe à la porte. Elle va lui ouvrir. Elle se sent plus calme et ne ressent plus l'envie de pleurer. Alexandre est là, dans le cadre de porte. Il dégage une assurance rassurante.

— Salut, entre.

Le beau grand blond fait quelques pas dans la maison et demande :

— Comment tu vas ?

— Mieux.

Il balaie la cuisine du regard avant d'affirmer :

— Tu m'avais dit que c'était vieux… Mais je ne m'attendais pas à faire un voyage dans le temps jusqu'en 1950.

Simone éclate de rire.

— C'est cinq dollars pour la visite du musée. Est-ce que tu veux une visite guidée ?

— Juste si c'est toi la guide.

Les deux amis rigolent, et Simone fait visiter sa maison à son invité avant d'aller s'installer avec lui dans le salon, après lui avoir offert une bière.

Une fois assis sur le divan, Alexandre ose enfin aborder la question.

— C'est fou ce qui arrive avec Félix-Olivier, hein ?

Simone retrouve son air sérieux et abattu.

— Tellement ! C'est affreux. Je ne sais pas trop ce qui s'est passé, je sais juste qu'il s'est coupé la langue en deux.

— C'est ce que j'ai entendu moi aussi.

— Qui te l'a dit ?

— Sébastien. Victor l'a appelé en route vers l'hôpital pour lui demander de s'occuper de son chien, parce qu'il ne savait pas quand il allait revenir.

— Moi, j'étais avec Victor quand il a reçu l'appel.

— Sérieux ? Avec Victor ? Je ne savais pas que vous étiez amis...

— Ouais... Non, c'était une rencontre professionnelle. J'ai vraiment eu une journée de fou !

À ce moment, les larmes de Simone refont surface. Elle s'arrête de parler pour respirer et tenter de contrôler son émotion. Puis, elle reprend :

— La famille de Victor est vraiment bizarre... Je me sens mal parce que je sais que c'est ton ami, mais...

— Oh ! Attends, Victor est une connaissance, c'est pas mon meilleur ami. Il est plus l'ami de Sébastien que le mien.

— Est-ce que tu sais pourquoi il n'a pas la garde de son fils ?

— À ce qu'on m'a dit, il était encore au secondaire quand l'enfant est né et il a refusé d'avoir la garde. Quelque chose du genre.

— OK, et là, est-ce qu'il habite encore chez ses parents ?

— Hum, je ne pense pas...

— Pourquoi il ne récupère pas le petit aujourd'hui, maintenant qu'il est plus vieux ?

— Son fils a des besoins particuliers. Je pense qu'il ne se sent pas capable de s'en occuper.

— C'est vraiment bizarre, cette histoire. Félix-Olivier est élevé par son grand-père et par une vieille femme aveugle qui le garde. Et ils m'ont dit qu'il était peut-être schizophrène.

Alexandre s'étonne et demande :

— Schizophrène ? Qui, ça ? Félix-Olivier ou le grand-père ?

— Honnêtement, peut-être les deux. Mais ils me parlaient de Félix-Olivier.

— Ah oui !? Sérieux ?

Simone s'arrête. Elle sent qu'elle en a trop dit, qu'elle ne devrait pas partager tous ces détails avec Alexandre, car c'est un manque de professionnalisme de sa part. Mais d'un autre côté, elle a l'impression qu'elle va exploser si elle ne le fait pas.

Après quelques hésitations, elle craque et déballe tout son sac. Elle raconte sa première rencontre avec le grand-père de l'enfant, où il lui a demandé de ne pas essayer de remplacer sa mère. Elle avoue que Félix-Olivier lui a parlé aujourd'hui, à elle, après des années de mutisme, et elle décrit la deuxième rencontre avec Daniel Turcotte qu'elle a demandée par la suite, où Victor et madame Langelier étaient présents. Elle raconte aussi la scène qui s'est passée au restaurant.

Alexandre est attentif à ce que Simone décrit. Cette dernière tente tant bien que mal de raconter les événements tels qu'ils se sont passés, même si ça lui semble complètement surréaliste. Puis, elle conclut en disant :

— Victor m'a dit que quelque chose voulait voler l'âme de Félix-Olivier, et la serveuse a refusé de me parler. Ah oui, et elle a ajouté que c'était mieux pour ma vie de me tenir loin de Félix-Olivier. C'est moi ou ces gens sont vraiment cinglés ? En tout cas, je ne suis pas déçue d'avoir fait un signalement à la DPJ.

En prononçant ces mots, Simone réalise qu'elle aurait peut-être dû garder pour elle ce dernier détail, qui devait rester confidentiel. Alexandre sent son malaise et il pose sa main sur le genou de son amie en la rassurant.

— T'as fait exactement ce qu'il fallait. Je vais dire comme toi, cette famille est vraiment inquiétante.

Un silence plane quelques instants, et l'homme continue :

— Je pense que je sais qui est la vieille femme aveugle.

— Ah oui ?

— Oui... Elle et d'autres personnes sont déjà venues sur le terrain de la East où je fais des prélèvements.

Simone fronce les sourcils. N'étant pas Malarticoise, elle ignore de quoi il est question, ce qui pousse Alexandre à préciser :

— J'ai fait des analyses de sol sur le terrain d'une ancienne mine qui se trouve dans la forêt pas loin de l'école. Ils vont rouvrir la mine, c'est presque sûr, on a trouvé pas mal d'or dans le coin. C'est un gros projet de mine à ciel ouvert. Ils ne l'ont pas encore annoncé officiellement, faut pas en parler, mais moi, je dis que d'ici deux ans, le quartier va être rasé. Ensuite, ils vont creuser en dessous.

Simone fronce à nouveau les sourcils, ne comprenant toujours pas le rapport entre madame Langelier et la mine.

— Et c'est quoi, le lien ?

— Je ne sais pas trop, mais la vieille traîne souvent dans le coin. Un des gars dit que c'est une sorcière.

— Une sorcière !?

Simone ne peut s'empêcher de rigoler.

— Oui, il m'a raconté qu'elle a deviné qui il était sans même qu'il le lui dise. En tout cas, il paraît que la bonne femme est souvent dans le coin à sentir autour d'elle.

— À sentir ?

— Oui, elle se plante là et elle met son nez en l'air comme si elle sentait. Elle reste quelques instants et puis elle s'en va.

Simone se raidit et s'exclame :

— Oui ! Elle a fait ça dans ma classe aussi ! Vraiment bizarre !

Simone regarde le sol et plonge dans ses pensées. Elle baisse la voix pour se parler à elle-même :

— Quand Félix-Olivier s'est coupé la langue, j'étais avec Victor et la vieille… Ben, elle venait juste de partir en ambulance… Je me demande si c'est pas le grand-père qui…

Simone s'arrête de parler : elle n'ose pas compléter son idée. Alexandre le fait pour elle :

— Qui a coupé la langue de Félix-Olivier ?

— Je ne sais pas, il avait l'air fâché que Félix-Olivier ait parlé.

Simone s'énerve.

— Ils sont tellement bizarres ! Je ne comprends rien à leur histoire. Ils m'ont dit qu'ils essayaient de nous protéger, moi et Félix-Olivier. Sérieux ! C'est moi ou ça n'a pas de sens ? Je ne me suis jamais sentie aussi peu en sécurité qu'avec eux dans les parages.

— Ce n'est pas toi, je t'assure ! Je ne veux pas être méchant, mais de la manière que tu me racontes ça, j'ai l'impression qu'ils sont tous schizophrènes, et je ne trouve pas ça rassurant. Il me semble que ça pue le drame familial, cette histoire

— C'est vraiment une famille de tarés ! En tout cas, plus je te parle, plus je me dis que j'ai bien fait de faire un signalement.

Alexandre remet sa main sur le genou de Simone et avance légèrement vers elle pour dire :

— Il a de la chance de t'avoir comme prof. T'as fait ce qu'il fallait.

— Oui, c'est ce que je me dis aussi.

Pendant un moment, Simone reste pensive. Elle se rassure en se disant qu'elle a bien fait. Puis, elle remarque qu'Alexandre la fixe avec douceur. Elle revient sur terre pour plonger ses yeux dans les siens. Son corps s'enflamme, elle a des frissons. La situation a beau être éprouvante, les beaux yeux d'Alexandre sont irrésistibles. Pendant quelques secondes, Simone se demande si l'homme va l'embrasser. Elle se tient complètement immobile: elle ne veut pas avoir l'air intéressée si jamais lui ne l'est pas. Il n'y a pas de plus grande honte que de tenter d'embrasser quelqu'un qui s'esquive. Par contre, elle reste entièrement disponible, le regard fixe, la tête dégagée. S'il veut s'approcher, elle est prête.

Simone ouvre légèrement les lèvres comme si elle allait parler quand enfin, l'homme se décide à s'avancer pour lui voler son souffle. Les deux amis s'embrassent timidement pendant quelques brèves secondes, puis ils se regardent l'un l'autre dans le but de valider leurs sentiments. Constatant qu'ils sont follement attirés l'un vers l'autre, ils s'embrassent passionnément. Simone passe une jambe par-dessus Alex pour le chevaucher. Toutes ces soirées de conversations profondes et de complicité sur le Web n'ont fait qu'attiser leur flamme. Leurs baisers sont intenses, ils s'avalent l'un l'autre dans un souffle haletant. Leurs corps se désirent à un point tel que plus rien ne compte. Plus rien ne les arrêtera, pas même la sonnerie du téléphone qui résonne dans la maison.

Les deux amants retirent leurs vêtements au beau milieu du salon ; ils en rêvent depuis le soir de la fête chez Sébastien.

Cette nuit-là, Alexandre reste aux côtés de Simone, dans sa vieille maison qui craque. La femme vit un mélange d'émotions si intenses qu'elle perd légèrement le lien avec la réalité. Elle a trop de choses à gérer en même temps. Son cœur et sa tête décident de se concentrer sur cette aventure qui débute entre elle et cet homme, et de faire fi du reste. Le désir charnel prend toute la place.

Pendant les deux jours qui suivent, Simone et Alex restent ensemble pour manger, pour se dévêtir, pour dormir et pour se laver. Ils vivent, comme le dit l'expression, d'amour et d'eau fraîche.

Le dimanche soir, quand l'homme quitte son amie pour aller chercher sa fille et rentrer chez lui, la maison est remplie de son odeur. Mais une fois qu'il est parti, Simone revient vite sur terre. Demain, elle travaille et elle devra raconter toute son histoire au directeur. Elle aura sans doute des nouvelles de Félix-Olivier. Sa petite voix intérieure lui dit qu'elles ne seront peut-être pas bonnes.

Durant la nuit de dimanche à lundi, Simone fait plusieurs cauchemars troublants. Elle rêve de Félix-Olivier, la bouche en sang, de la vieille femme aveugle qui saigne des yeux. Elle rêve aussi qu'elle est la mère de Félix-Olivier et qu'elle essaie de sauver le garçon coincé dans une boîte en feu.

Au petit matin, Simone se réveille plus fatiguée que la veille. Son cœur bat si fort dans sa poitrine qu'elle se sent essoufflée. C'est avec une énorme boule dans l'estomac que l'enseignante se rend au travail pour compléter les quatre derniers jours de classe avant les vacances de Noël.

CHAPITRE 8

L'ABSENCE

Dès son arrivée à l'école, Simone comprend que la journée ne sera pas reposante. Elle n'a pas sitôt mis le pied dans sa classe que Suzanne sort de son local pour l'informer que le directeur veut la voir d'urgence dans son bureau. Simone cesse de respirer et fait demi-tour. Sa collègue reste plantée là dans l'espoir d'avoir plus de détails, qu'elle n'aura malheureusement pas. La curieuse se console en se disant que, de toute façon, Claudette lui racontera tout à l'heure du déjeuner.

Tandis que Simone marche dans le couloir en direction des bureaux administratifs, elle cherche son air. Elle a chaud, elle a peur. Peur des représailles, oui, mais surtout peur d'apprendre une mauvaise nouvelle à propos de Félix-Olivier. Elle comprend que ses craintes sont fondées quand elle aperçoit droit devant elle, à quelques portes de distance, le grand-père de l'enfant. Simone se sent faiblir. Il y a tant de scénarios possibles pour expliquer la présence de l'homme qu'elle ne sait pas lequel choisir.

Les quelques pas qui la séparent de la vérité lui donnent amplement le temps de s'imaginer que l'enfant changera d'école, qu'il n'a pas survécu à ses blessures, qu'il s'est finalement fait battre à mort par son grand-père (cette option est moins probable, étant donné la présence de ce dernier) ou qu'il s'est fait retirer de son foyer par les services sociaux.

L'enseignante s'approche, consciente qu'elle s'en va vers l'annonce de nouvelles dramatiques. C'est le directeur qui la voit en premier. Il s'avance vers elle, la mine déconfite.

— Simone, quelque chose de grave est arrivé.

— Qu'est-ce qui se passe ?

— Félix-Olivier a été blessé et...

Le directeur se tourne vers le grand-père afin de valider auprès de lui la suite des événements, puis il continue avec hésitation :

— La DPJ l'a retiré de son foyer le temps de comprendre ce qui s'est vraiment passé.

Le grand-père acquiesce et poursuit :

— Écoutez, madame Simone : Félix s'est coupé la langue vendredi soir. Pas une petite coupure…

L'homme montre la taille du bout de langue coupé avec ses doigts : environ trois centimètres. Le corps de Simone se crispe de dégoût.

— J'étais dans le garage quand c'est arrivé. Une minute, il était avec moi et tout allait bien, et l'instant d'après, il y avait une mare de sang à ses pieds. Je l'ai amené aux urgences, et là-bas, la DPJ a débarqué et l'a pris.

Simone est sous le choc. Elle suppose que tout ça est un peu de sa faute, et elle ne sait pas comment réagir.

— Je suis vraiment désolée… Je…

Le directeur intervient :

— Écoutez, madame Simone, on tenait à vous mettre au courant de la situation, car Félix-Olivier sera absent pour les prochains jours, et...

Le grand-père l'interrompt :

— Je ne sais pas comment Félix-Olivier va réagir au fait d'être séparé de nous. Il pourrait décider de fuguer. Si jamais vous le voyez, vous devez nous contacter rapidement.

Simone et le directeur froncent les sourcils en regardant monsieur Turcotte. L'homme baisse la tête, marmonne quelque chose pour lui-même et quitte l'école, malgré les appels du directeur qui lui demande de revenir.

Simone reste figée. Elle est complètement dépassée par les événements. Elle s'empresse d'avouer au directeur que c'est elle qui a fait un signalement à la DPJ. Ce dernier lui met une main sur l'épaule et affirme d'une voix grave et paternelle :

— Tu as fait ce qu'il fallait.

Aussitôt, Simone est soulagée. La cloche de l'école sonne à ce moment. Malheureusement, l'enseignante n'a pas le temps de poursuivre la discussion avec le directeur, car elle doit se rendre dans sa classe pour accueillir son groupe. Mais avoir l'assurance que la direction partage son avis lui enlève un poids. Avant que Simone sorte, le directeur ajoute :

— J'essaie d'obtenir plus d'informations et je te reviens. Mais ne t'inquiète pas avec ça, ce n'est pas à toi de gérer ça et tu as fait ce qu'il fallait. Ça faisait un bout de temps qu'on avait cette famille-là à l'œil.

Simone acquiesce et presse le pas pour revenir à son local avant l'arrivée de ses élèves. Dès leur entrée, les enfants ne parlent que de l'accident de Félix-Olivier. La nouvelle s'est déjà répandue, et les petits savent tous que leur camarade de classe s'est coupé la langue. Simone exige le silence dans le couloir et assure à ses élèves qu'ils discuteront de tout ça dans quelques minutes. Elle profite du silence ainsi obtenu pour chercher une explication adaptée aux enfants.

La marmaille est assise en rond sur le tapis au centre de la classe, prête à entendre l'histoire macabre. Simone se lance. Elle explique la situation brièvement et rappelle l'importance des règles de sécurité quand on manipule des ciseaux. Et surtout, elle précise aux enfants qu'ils ne doivent jamais toucher à des couteaux, à des scies ou à tout autre objet coupant.

Léa lève sa main et attend le droit de parole.

— Oui, Léa ?

— Moi, je suis contente que Félix-Olivier ne vienne plus à l'école.

— Pourquoi dis-tu ça, Léa ?

— Parce que j'avais peur.

Les autres enfants hochent la tête; ils semblent tous du même avis. Surprise, Simone leur demande :

— Vous aviez peur de quoi ?

Les élèves baissent la tête, jouent avec leurs doigts, se tortillent sur le sol.

— Vous aviez peur de Félix-Olivier ?

Léa regarde son enseignante dans les yeux, puis elle balaie la classe du regard avant de chuchoter :

— Non, de sa maman.

Simone tente de garder son sang-froid et d'intervenir le plus adéquatement possible :

— Vous savez, la maman de Félix-Olivier n'est plus vivante, elle n'existe plus. Elle ne peut pas vous faire de mal.

Simone ajoute quelques informations sur la mort, mais elle s'arrête rapidement, en se disant qu'elle aura besoin d'un spécialiste pour venir leur parler. Elle termine la discussion en présentant les activités de la journée aux élèves, souhaitant ainsi leur changer les idées.

Toute la journée, l'horloge tourne au ralenti. À plusieurs moments, les enfants posent des questions sur les événements. Ils racontent aussi, chacun leur tour, des faits particuliers qui se sont passés depuis le début de l'année avec Félix-Olivier. Anthony avoue qu'il l'a déjà vu jouer avec un briquet dans la cour de récréation, et Léonie confie qu'il s'en servait pour mettre le feu à des mouches. Marylie raconte que la mère de Félix, celle qui est morte, se cachait parfois dans les toilettes du gymnase. Quant à Rose, elle est certaine d'avoir surpris son camarade en train d'uriner dans le toboggan. Lorsque la cloche annonce enfin la fin des classes, Simone est épuisée. Elle a l'impression de ne plus savoir qui est réellement Félix-Olivier.

Une fois seule, elle s'installe à l'ordinateur pour écrire un courriel à la direction. Elle souhaite savoir quelle est la procédure à suivre pour demander de l'aide psychologique pour sa classe. Le sujet de la mort la rend mal à l'aise. L'université ne l'a pas préparée à affronter ce genre de situation, et Simone ne voudrait pas traumatiser les enfants.

L'enseignante ferme les yeux et soupire. Elle passe sa main sur son visage en se répétant qu'elle fait de son mieux et qu'elle a droit à l'erreur. Soudain, une voix féminine l'interpelle :

— Simone.

En entendant son nom, la jeune femme sursaute et se tourne pour voir qui est dans son local.

Personne.

Elle s'étire le cou pour voir s'il y a quelqu'un dans le couloir.

Toujours personne.

Elle se lève et va s'en assurer.

— Suzanne ? Suzanne ?

Suzanne crie : « Quoi ? » du fond de son local. Simone précise :

— Tu voulais me parler ?

Suzanne passe la tête dans le cadre de sa porte et dit :

— Quoi ?

— Tu voulais me parler ?

La femme fronce les sourcils :

— Non...

— Ah ! J'ai entendu mon nom, je pensais que c'était toi qui m'appelais.

— Mais non...

Suzanne dévisage sa collègue. Simone est confuse. Elle retourne dans sa classe, perplexe. Elle regarde l'interphone : c'est peut-être Claudette qui a tenté de l'appeler. Elle le fait souvent quand elle veut qu'un élève vienne la voir. Il arrive aussi que Simone appuie sur le bouton afin de demander quelque chose à la secrétaire. L'enseignante s'approche de la boîte de métal et dit un « Oui ? » rempli d'incertitude.

Aucune réponse.

Elle hausse les épaules en soupirant. C'est étrange. Elle voudrait rentrer chez elle, mais elle a encore les cadeaux des élèves à emballer et les chaussettes de Noël à accrocher. Les trois prochaines journées seront festives et intenses. Simone rêve à ses vacances de Noël. Elle termine toutes ses tâches et quitte enfin l'école vers 17 h, complètement épuisée. Dehors, il fait déjà noir. Le vent souffle en rafale, et la neige qui tourbillonne frappe le visage de Simone pendant que celle-ci tente de déneiger sa voiture en vitesse.

Frigorifiée, elle entre enfin dans son véhicule. Elle se frotte les mains pour tenter de les réchauffer quand quelqu'un cogne dans la fenêtre de sa voiture. Elle pousse un cri de peur et constate que c'est Victor. Dehors, l'homme s'empresse de s'excuser et demande s'il peut lui parler. Simone abaisse légèrement la vitre et lui demande si ça peut attendre le lendemain, car elle est épuisée. Victor insiste et l'invite au restaurant où ils étaient quelques jours plus tôt.

L'enseignante ne sait pas quoi répondre. Elle a peur. Elle ne veut plus être seule avec les membres de cette famille. La dernière fois, Victor lui a clairement dit que pour sa propre sécurité, elle ne devait plus voir Félix-Olivier. Il n'est pas question qu'elle se jette comme ça dans la gueule du loup. D'autant plus que l'enfant est maintenant sous la protection de la DPJ et que Victor doit se douter que Simone y est pour quelque chose. C'était une erreur d'aller au restaurant avec la vieille dame, une erreur que Simone ne répétera certainement pas ce soir.

— Je ne peux pas, désolée. Demain, ici, après l'école à 15 h, ce serait mieux.

Victor comprend qu'il ne parviendra pas à la convaincre. La peur de Simone est palpable et compréhensible. Il se résout à laisser tomber. Déçu, il soupire :

— OK, je viendrai demain.

Simone remonte sa vitre, soulagée. Il sera probablement plus prudent et plus professionnel de rencontrer le père de son élève à l'école, en présence de ses collègues.

La voiture recule et s'engage dans la rue. La visibilité sur la route est presque nulle. Simone tient son volant fermement en maugréant ; elle déteste conduire sur la route 117 l'hiver. Une camionnette la dépasse à grande vitesse sur la voie réservée à la circulation en sens inverse. Simone traite le conducteur de fou et constate que le véhicule ressemble étrangement à celui de Victor. Elle serre les dents. Est-ce que cet homme essaie de la tuer ? Une manœuvre aussi risquée un soir de tempête pourrait être une tentative de meurtre déguisée. La jeune femme se raisonne : cette idée est ridicule. Les membres de la famille de Félix-Olivier sont bizarres, mais ce ne sont pas des assassins, tout de même. Les dix minutes que dure normalement le trajet reliant l'école à chez elle se transforment en vingt minutes à cause de la neige. Quand elle arrive enfin dans sa cour, Simone a mal aux mains à force d'avoir serré le volant.

Elle entre dans sa maison froide, allume les lumières, et ressent un sentiment de calme et de sécurité qu'elle accueille avec soulagement. Pour dîner, elle se fait un macaroni au fromage en boîte, qu'elle avale devant la télévision. À côté d'elle, son portable est ouvert. Elle discute avec Alexandre en mangeant.

Alex ‹Alex_Andre›

Simonette :
Coucou ! Tu as passé une belle journée ?

Alex :
Oui, quand même, et toi ?

Simonette :
Ouf ! Sans commentaire...

Alex :
J'ai parlé de la vieille femme aveugle avec des collègues.

Simonette :
Ah oui ?

Alex :
Un type m'a confié qu'elle lui a dit un jour que des esprits étaient prisonniers sous terre, et qu'elle espérait qu'on creuse pour les libérer.

Simonette :
HEIN ? Sérieux ?

Alex :
Elle est vraiment folle, tu devrais te tenir loin d'elle.

Simonette :
J'essaie ! Mais toute cette famille me court après !

Alex :

Comment ça ?

Simonette :

Le grand-père était à l'école ce matin, il est venu nous dire que Félix-Olivier a été pris en charge par la DPJ. Et ce soir, Victor a essayé de m'inviter au restaurant encore une fois.

Alex :

Ça ne va pas, ça... Est-ce qu'il sait qu'on est ensemble ?

En lisant cette phrase, Simone sourit et ressent une bouffée de chaleur. Elle-même ne savait pas qu'ils « étaient ensemble ». L'idée lui plaît, mais la surprise l'empêche de répondre. La sonnerie du téléphone résonne dans la maison. Simone regarde l'écran : c'est Alexandre. Elle décroche et, avec une voix remplie de sourire, elle répond :

— Non, il ne le sait pas. Je lui dirai la prochaine fois que je le vois.

Alexandre éclate de rire.

— Ouf ! Pendant deux minutes, j'ai eu peur d'avoir fait une gaffe.

— Non, non, mais j'avoue que j'ai été surprise.

— Même moi, je me suis surpris en l'écrivant.

Les deux nouveaux amoureux éclatent de rire.

— Je dois raccrocher, Simonette, j'ai une petite Léa qui a besoin de moi. Mais si tu veux, je t'appelle quand elle sera couchée ?

— En réalité, je suis tellement fatiguée que je pense que je vais me coucher avant elle. On s'appelle demain ?

— Comme tu veux. Bonne nuit.

Simone s'apprête à raccrocher, mais se ravise.

— Hé, attends ! Je ne sais pas si tu es à l'aise de parler du concept de la mort avec ta fille, mais ce matin, elle m'a dit qu'elle avait peur de la mère de Félix-Olivier. Peut-être juste lui répéter que les personnes décédées ne sont pas dangereuses.

— Elle a dit ça ?

— Oui.

— OK, je vais voir ça avec elle. Merci.

— Mais je vais aussi demander de l'aide psychologique pour la classe, alors si t'es pas à l'aise…

— Non, non, ça va, je peux gérer.

L'homme parle avec assurance et compassion. Simone ne peut s'empêcher de penser qu'il sera un père parfait pour leur futur enfant. Puis, elle raccroche. Une fois le combiné déposé, la jeune femme roule les yeux. Elle se trouve stupide. Alexandre et elle sont officiellement ensemble depuis à peine dix minutes; il n'y a pas de quoi fonder une famille encore!

La jeune femme retourne sur le divan et s'installe devant la télévision pour regarder un film de Noël. Mais trop fatiguée, elle éteint avant la fin.

Cette nuit-là, Simone a un sommeil agité. Elle fait le même rêve que la veille, celui où la vieille femme aveugle saigne des yeux et où Félix-Olivier a la langue coupée. Au matin, elle appréhende déjà la rencontre avec Victor, qui ne doit pourtant avoir lieu qu'en fin de journée. C'est pourquoi la première chose qu'elle fait en arrivant sur son lieu de travail est d'informer le directeur de ce rendez-vous. L'homme assure à l'enseignante qu'il sera présent pour cette rencontre. Ça a pour effet de rassurer Simone, qui passe somme toute une belle journée.

À la fin des classes, Simone est prête pour la rencontre. Le directeur l'a rejointe dans la classe, et ils discutent du cas de Félix-Olivier. Simone omet volontairement quelques détails, comme le dîner au restaurant avec madame Langelier, car elle sait que son supérieur désapprouverait cette décision stupide. L'horloge tourne et, à 16h, Victor n'est toujours pas au rendez-vous.

Le directeur et Simone en concluent qu'il ne viendra pas. Simone demande toutefois à être raccompagnée jusqu'à sa voiture. Puisque la dernière fois, c'est dans le parking que le père l'a abordée, elle craint qu'il s'y pointe encore. Son patron accepte avec plaisir et en profite pour préciser qu'il est hors de question qu'un parent d'élève effraie une de ses enseignantes de cette façon. Il laisse Simone à sa voiture et lui assure qu'il s'occupera de ce dossier en priorité.

En arrivant chez elle, Simone constate qu'il y a des traces de pneus dans la neige devant la maison. Elle se demande qui a bien pu les laisser. Elle rentre chez elle perplexe et, pour la première fois, elle verrouille la porte derrière elle.

Une fois à l'intérieur, elle passe quelques appels afin de savoir qui a pu vouloir lui rendre visite durant son absence. Ce n'est ni son père, ni son frère, ni sa sœur. Sa meilleure amie travaille jusqu'à 18 h, ça ne peut donc pas être elle. Elle appelle même son oncle qui aurait pu venir chercher des trucs dans le garage, mais non, personne n'est passé. Simone finit par appeler Alexandre en se disant que si ce n'est pas lui, elle aura un peu peur. Personne n'arrête dans une cour à Dubuisson sur le bord de la route 117 par erreur. C'est une route où les voitures roulent à cent kilomètres-heure. Si une personne décide d'arrêter dans sa cour, c'est pour venir chez elle.

Simone a le combiné sur l'oreille et écoute la sonnerie retentir pour la troisième fois quand Alexandre répond enfin. Elle lui dit la raison de son appel, mais l'homme doit malheureusement avouer que ce n'est pas lui qui est venu chez elle. Apeurée, elle lui confie qu'elle ira dormir chez ses parents ce soir. Victor sait où elle habite, et il est peut-être venu en son absence en sachant qu'elle l'attendait à l'école. Aurait-il pu chercher à entrer dans la maison ? Et pour quoi faire ? Après discussion, Alexandre est du même avis qu'elle : elle ne doit pas rester seule à la maison. Après tout, un enfant est actuellement retiré de son foyer à cause d'elle ; on ne sait pas ce qu'une famille en colère peut faire.

L'homme suggère :

— Léa va aller dormir chez sa mère, et tu vas venir ici.

— Mais non, je ne veux pas déranger ton horaire de garde.

— Non, non, tu ne déranges rien, Sophie m'a toujours dit que la petite pouvait aller chez elle n'importe quand si j'en avais besoin. Elle va être contente. Un mardi soir, en plus, c'est sûr qu'elle n'a rien de prévu. Tu seras plus près pour aller travailler demain si tu dors ici plutôt que chez tes parents à Val-d'Or. Laisse-moi appeler la mère de Léa et je te rappelle.

Simone raccroche le téléphone, toujours aussi inquiète. Elle regarde dehors pour voir si elle détecte quelque chose d'inhabituel. L'ambiance est lourde ; même le vent qui souffle sur la toiture semble plus menaçant qu'à l'habitude.

Heureusement, il ne faut que deux minutes avant que le téléphone sonne et qu'Alexandre confirme à Simone qu'elle peut venir. Rapidement, la jeune femme prépare son sac pour la nuit et elle reprend la route de Malartic.

Cette nuit-là, Simone dort bien, sans mauvais rêve. Elle se sent en sécurité. Au petit matin, Alexandre s'en va très tôt, mais il prend soin de laisser une note sur la table pour sa copine, qui s'attendrit de cette attention. Simone en oublie presque ses tracas, pendant un instant, et elle se rend à l'école de bonne humeur.

Le mercredi 21 décembre est un jour de sortie scolaire. Tous les enfants vont faire de la luge au Belvédère, à Val-d'Or. Simone est sûre que ce sera une belle journée. De fait, le soleil brille, les enfants s'amusent dans la pente, Simone rigole avec ses collègues. Le sujet de Félix-Olivier est abordé, mais de façon superficielle et rapide, ce qui aide la nouvelle enseignante à se changer les idées. La matinée passe et, un peu après le déjeuner, les élèves de l'école Renaud prennent la route du retour.

À leur arrivée, la cloche est sur le point de sonner la fin des classes. À peine quelques minutes plus tard, l'école se vide : la journée est terminée. C'est à ce moment que l'angoisse revient frapper Simone de plein fouet. Et si Victor revenait ?

Simone se rappelle qu'Alexandre a promis de venir la chercher et qu'elle n'a rien à craindre.

Elle se répète aussi que rien ne prouve que Victor soit venu chez elle et qu'elle n'a aucune raison de croire que c'est un homme dangereux. Perturbé, peut-être, mais pas nécessairement dangereux. Quand elle regarde par la fenêtre de sa classe, Simone reconnaît la camionnette Ford noire d'Alexandre stationnée juste à côté de sa propre voiture. Elle pousse un soupir de soulagement. Elle salue l'homme de la main et ouvre la fenêtre. Alexandre sort de sa camionnette pour entendre ce qu'elle veut lui dire. De son local, Simone crie :

— Je mets les cadeaux sous le sapin pour demain matin et j'arrive.

— T'as besoin d'aide ?

— Non, non, ça va aller.

— Parfait. J'ai un appel à faire. Je le fais dans la camionnette en t'attendant, est-ce que ça va ?

— Parfait !

Simone ferme la fenêtre et sort un gros sac poubelle noir rempli de surprises de sous son bureau. Elle est en train de sortir ses paquets du sac pour les déposer sous le sapin quand elle entend son nom. Elle sursaute et se tourne. Elle entend une seconde fois son nom et se rend compte cette fois que le son provient de l'interphone. C'est la secrétaire qui l'appelle.

— Madame Simone, pouvez-vous venir au secrétariat, s'il vous plaît ?

Simone s'empresse de déposer le dernier cadeau et fait ce qui lui a été demandé. Quand elle arrive au bureau de la secrétaire, cette dernière a son manteau sur le dos et est prête à partir. Elle tend un petit papier rose à Simone en lui disant qu'elle doit rappeler à ce numéro. Simone prend le papier, demande à Claudette si elle sait c'est à quel sujet. La femme lui répond simplement que c'est confidentiel et urgent.

L'enseignante se rend directement au local du personnel et compose le numéro. C'est une intervenante de la DPJ qui lui répond. Elle informe Simone de la situation, que la jeune femme connaît déjà. Elle lui dit que Félix-Olivier est placé de manière temporaire, le temps de faire une évaluation complète du dossier. Elle prend aussi le temps de lui donner des informations sur l'état de santé de l'enfant, qui se porte mieux. Sa langue a reçu plusieurs points de suture, et l'ORL est optimiste quant à sa guérison.

Simone remercie la dame et raccroche le combiné, troublée. Ce faisant, elle entrevoit une silhouette qui entre dans le local où elle se trouve. Elle se tourne pour voir de qui il s'agit, mais il n'y a personne. Simone est pourtant certaine d'avoir vu quelqu'un. Les battements de son cœur s'accélèrent ; l'ambiance est lourde. Sans savoir pourquoi, elle a peur et ressent le besoin pressant de quitter la pièce. Mais avant qu'elle ait le temps de le faire, la porte claque violemment devant elle.

L'enseignante cesse de respirer et se fige. Puis, la porte s'ouvre à nouveau. Simone pousse un hurlement, mais lorsqu'elle se rend compte que c'est Claudette qui est devant elle, tenant la poignée dans sa main, elle roule les yeux et se trouve stupide.

— Ça va, ma chérie ?

— Oui, oui, il y a eu un courant d'air qui a fait claquer la porte et ça m'a fait peur.

La femme au parfum prononcé et au fard à joues apparent répond en blaguant :

— T'en fais pas avec ça, c'est une vieille école, ici. Faut apprendre à cohabiter avec les fantômes.

Claudette éclate de rire et s'avance vers le réfrigérateur, qu'elle ouvre. Elle saisit son récipient, qu'elle montre à Simone pour lui signifier la raison de son retour, et sort en lançant candidement :

— C'est une blague, ma chérie ! Tu devrais voir ta tête. Bonne soirée.

La femme rigole en s'en allant. Simone, encore ébranlée sans raison, s'empresse d'aller chercher son manteau dans sa classe et quitte l'école à son tour. Sur le chemin du retour, elle est escortée par son amoureux, et ça suffit à la calmer un peu.

CHAPITRE 9

UNE PRÉSENCE

Le jeudi 22 décembre au matin, Simone se réveille dans son lit aux côtés d'Alexandre. Elle a vraiment pu se reposer pendant la nuit. Le fait que Victor ne s'est pas présenté à la réunion qu'il avait lui-même demandée a rassuré Simone. Il n'est finalement peut-être pas aussi insistant qu'elle le pensait. Elle envisage même de passer la prochaine nuit seule, si la journée se déroule bien. C'est le dernier jour d'école avant les vacances de Noël. Simone se sent au bout du rouleau, mais elle est tout de même prête à mettre la gomme pour ce jour si particulier. Des célébrations sont prévues toute la journée, et l'école se terminera à 13 h spécialement pour l'occasion.

Simone se motive en se disant que dans quelques heures, elle sera officiellement en vacances. Les enfants sont heureux, et l'ambiance est à la fête. Comme prévu, les heures défilent rapidement, et 13 h arrive presque trop vite.

L'enseignante serre chaque élève dans ses bras en lui souhaitant joyeux Noël. Les enfants récupèrent tous leurs effets personnels sur leur crochet dans le couloir, puisque le concierge profitera de leur absence pour nettoyer l'école de fond en comble.

Une fois que tout le monde est parti, il ne reste qu'un crochet encombré, celui de Félix-Olivier. Simone prend sa petite veste, un sac en tissu et ses baskets, qu'elle apporte dans la classe. Si le garçon ne revient pas après Noël, elle remettra le tout à la famille… ou plutôt au directeur, qui le remettra lui-même à la famille !

Au moment de déposer le matériel dans son armoire, Simone aperçoit un élève qui court dans le couloir. Elle dit à voix haute :

— On marche dans le couloir !

Elle s'avance pour voir qui est l'enfant fautif, mais ne voit personne. Elle longe le couloir jusqu'à l'escalier, mais elle n'intercepte personne. Elle se dit : « Les enfants sont vraiment trop excités ! Pauvres parents ce soir… » Elle revient dans sa classe et continue son rangement quand elle entend rigoler dans la petite tente à côté du sapin de Noël. Un rire dont elle jurerait que c'est celui de Félix-Olivier.

Le cœur de Simone s'arrête. C'est ridicule, il est impossible qu'un enfant soit dans la tente, surtout pas Félix-Olivier. Mais sans savoir pourquoi, elle ne se sent pas le courage d'aller regarder. Sa gorge est nouée. Elle voudrait être capable de dire à voix haute que personne n'est censé être dans la tente et demander à l'enfant de sortir. Mais elle se raisonne aussitôt. Les rires devaient venir du couloir. Il n'y a pas d'autre explication possible.

Puis, c'est avec un effroyable sursaut que Simone entend son nom résonner dans la classe :

— Simone !

C'est la voix de Claudette dans l'interphone.

— Madame Simone, vous avez un appel en attente, vous pouvez le prendre sur le téléphone sans fil dans la classe de madame Suzanne.

Simone s'étonne : il y a un téléphone dans la classe voisine, et personne ne le lui avait dit ! Elle qui faisait tous ses appels dans le salon du personnel !

L'enseignante remercie la secrétaire et va chercher l'appareil dans l'autre classe pour le ramener dans la sienne. Mais avant qu'elle quitte le local de sa collègue, Suzanne, qui a déjà son manteau sur le dos, prend soin de lui préciser :

— Faut le remettre sur la base quand tu auras fini, sinon la batterie va se décharger. Tellement une invention stupide... On paye ça une fortune et ça dure même pas dix ans !

Simone confirme qu'elle a entendu, même si elle a plus ou moins écouté la recommandation, et elle retourne dans sa classe pour répondre à l'appel.

— Oui, allô ?

— Bonjour, Simone, c'est madame Langelier.

Simone ferme les yeux, découragée d'avoir encore affaire à cette vieille femme.

— Je suis désolée de vous déranger.

L'enseignante reste polie et courtoise.

— Pas de problème, comment allez-vous ?

— Je vais bien. Je dois surveiller ma tension, mais je vais bien. Et vous, comment allez-vous ?

— Je vais très bien, merci. J'allais quitter l'école.

— Rien d'anormal à signaler ?

Simone cesse de bouger. Elle ne comprend pas pourquoi la dame lui pose cette question. Pourquoi y aurait-il quelque chose d'anormal ?

— Qu'est-ce que vous voulez dire ?

— Vous savez que Félix-Olivier n'habite plus avec Daniel ?

— Oui, je sais.

— Je me demandais si...

La femme prend une pause et continue :

— Si vous ne l'auriez pas vu, par hasard.

Simone est toujours immobile. Elle regarde la petite tente. D'une voix hésitante et remplie d'incompréhension, elle affirme qu'elle n'a pas vu le garçon.

Soudain, en se retournant, Simone aperçoit une femme assise sur une chaise dans le coin, au fond de la classe. Une jeune femme aux cheveux longs, vêtue d'une robe blanche. Cette apparition est si improbable que Simone ferme les yeux et pousse un cri. En les rouvrant, elle se rend compte qu'il n'y a évidemment personne dans la classe, que c'est plutôt la nappe en plastique blanche qu'elle a déposée sur la chaise qui lui a fait peur. Simone se trouve ridicule. Elle est gênée d'avoir crié dans les oreilles de son interlocutrice, qui lui demande :

— Est-ce que tout va bien, Simone ? Que s'est-il passé ?

— Ça va. J'ai cru voir une personne dans ma classe, mais ce n'était qu'une nappe. Ça doit être la fatigue qui me fait voir des choses étranges. Est-ce que vous aviez autre chose à me demander ?

— Cette personne que vous venez de voir dans la classe, c'était un homme ou une femme ?

— Non, madame Langelier, il n'y avait personne. On aurait seulement dit que la nappe en plastique était une robe.

Simone rigole pour montrer à la femme que la situation est ridicule. Mais la vieille dame riposte :

— Donc, c'était une femme.

Simone s'apprête à répéter qu'il n'y avait personne, puis elle se ravise. La vieille dame ne comprend pas, ça ne sert à rien d'insister. Les personnes âgées ont parfois de la difficulté à comprendre.

— Écoutez, Simone, vous devez savoir que Félix s'est enfui de sa famille d'accueil. J'ai le pressentiment qu'il va revenir vers vous. Alors, si jamais vous le voyez, contactez les policiers.

— Pardon ? Il s'est enfui ?

— On m'a dit que je n'avais pas à vous en informer, mais moi, je suis certaine que le petit va chercher à vous contacter.

— Mais il a cinq ans, comment voulez-vous qu'il vienne ici en plein hiver, tout seul ?

— Cette femme que vous avez vue, pouvez-vous me la décrire ?

— Écoutez, madame Langelier, je vous répète qu'il n'y a personne dans ma classe. J'ai simplement eu une hallucination en me retournant trop rapidement. C'était juste une nappe.

— Cette nappe, elle avait les cheveux comment ?

Simone soupire. Elle a deux possibilités : raccrocher immédiatement ou entrer dans le délire de la femme, parce que la raison ne semble pas être une option pour le moment. L'enseignante ne se donne pas le droit de lui raccrocher la ligne au nez, alors elle collabore en espérant que ça coupera court à la conversation.

— Je ne l'ai pas bien vue, ça a été vite. Mais elle avait une robe blanche et de longs cheveux foncés devant son visage.

— Vous n'avez pas vu son visage ?

— Non. Il n'y avait personne... Je n'ai pas vu de visage, juste une robe blanche et des cheveux.

— Rien d'autre ? Pas d'odeurs étranges ? Pas de sons ?

— Des odeurs ou des sons ?

— Oui. Une fragrance particulière qui n'aurait pas lieu d'être là ? Une voix qui vous appelle, qui prononce votre nom ? Des cris ? Des rires ?

Simone tourne les yeux en direction de la tente. Ses mains sont toutes moites, elle a même des sueurs froides.

— Pourquoi vous me demandez ça ?

— Écoutez, madame Simone, je n'ai pas eu le temps de vous parler l'autre fois. Est-ce que ce serait possible qu'on se revoie ?

L'idée de revoir cette dame ne plaît absolument pas à Simone, mais elle continue d'être polie :

— Peut-être après les vacances, si Félix-Olivier revient dans ma classe ?

— Oui, vous avez raison, après les vacances, si Félix revient. Mais promettez-moi que si vous le voyez, vous allez m'appeler.

— Tout à l'heure, vous m'avez dit d'appeler les policiers.

— Oui, eux aussi, mais moi d'abord. Et si vous revoyez cette femme à la robe blanche ailleurs que dans l'école, contactez-moi aussi. Je vous laisse mon numéro.

La vieille femme le lui donne, mais Simone ne le prend pas en note. Tout ce qu'elle souhaite, c'est mettre fin à cet appel. Même si elle aime bien Félix-Olivier, pour la première fois, elle espère ne jamais le revoir dans sa classe, ou encore mieux, ne jamais le revoir de sa vie.

— Parfait, madame. Je dois raccrocher, maintenant.

Simone ne laisse pas le temps à madame Langelier de répondre avant de mettre un terme à cette interminable conversation. Chaque fois qu'elle parle avec cette femme, l'ambiance s'alourdit. Elle est vraiment flippante comme personne.

Toute l'émotion du moment finit par envahir Simone, à un point tel qu'elle n'a qu'une seule envie : quitter sa classe. Mais avant, elle se doit de vérifier qu'il n'y a pas d'enfant dans la tente. C'est peu probable que Félix-Olivier y soit, mais tout de même… L'enseignante s'avance et dit à voix haute :

— Est-ce qu'il y a quelqu'un dans la tente ?

Elle marche vers l'objet en tentant de voir si une silhouette ne se dessinerait pas derrière le tissu.

— Si tu es dans la tente, tu dois sortir tout de suite.

Encore quelques pas.

— Félix-Olivier ?

Tout à coup, la porte du local se ferme brusquement en claquant violemment. Simone crie. Elle entend des rires d'enfants dans le couloir et des petits pas pressés qui courent. L'enseignante s'empresse d'aller voir, et elle surprend Kevin et Daven en train de se sauver. Les petits garnements ! Simone soupire. C'était eux depuis le début. C'était stupide de sa part de penser que Félix-Olivier pouvait se trouver dans la tente. C'est vrai que l'heure du midi a été chaotique, avec tout le va-et-vient des parents, mais le gamin n'aurait pas pu se faufiler dans l'école sans être vu. Simone se lance à la poursuite des garnements et les ramène à la garderie.

À son retour dans sa classe, elle n'a plus aucune énergie. Elle ressent une fatigue envahissante, comme si elle n'avait pas dormi depuis deux jours. Elle avait prévu de faire un peu de ménage avant de quitter l'école, mais elle oublie cette idée. Tant pis pour le ménage, elle le fera au retour des fêtes. L'enseignante empoigne son manteau et les cadeaux que ses élèves lui ont offerts, puis elle quitte l'école sans dire au revoir à personne. Il est 13 h 30, et les vacances sont officiellement commencées !

Photo de Simone prise par un parent lors de la fête de Noël.
Source anonyme

En arrivant chez elle, Simone est tellement épuisée qu'elle se couche sur le divan et s'endort aussitôt. Elle dort tellement profondément qu'elle n'entend même pas la sonnerie du téléphone qui résonne à trois reprises. L'horloge affiche 19 h quand la jeune femme sort enfin de son sommeil profond. Elle a dormi cinq heures. Elle se frotte le visage et se réveille tranquillement. Elle regarde l'écran: trois appels manqués, de son père, d'une amie et d'un numéro inconnu. Elle les rappellera plus tard. Elle cherche son sac pour sortir son ordinateur et écrire à Alexandre, mais ne le trouve pas. Elle sort en vitesse, sans manteau, pour aller le chercher dans son auto, mais il n'y est pas non plus.

«AH NON!» s'exclame Simone. Elle a oublié son sac à l'école! Il est impensable pour elle de passer toutes les vacances sans son ordinateur. Rapidement, elle rentre chez elle et enfile ses vêtements d'hiver pour pouvoir ressortir. Avec un peu de chance, le concierge sera encore à l'école et elle pourra récupérer son portable.

Simone roule en direction de Malartic en rageant contre elle-même. Elle aurait voulu se mettre en mode vacances tout de suite. Si elle ne parvient pas à récupérer son ordinateur, les vacances risqueront d'être ternies. La jeune femme tourne au coin de l'église et immobilise sa voiture dans le parking vide réservé au personnel de l'école. De l'extérieur, elle peut voir qu'il y a de la lumière dans sa classe. Soulagement! Simone a beau avoir les clés de l'école, elle ne connaît pas le code du système d'alarme, qu'elle ne pourrait donc pas désactiver. Heureusement, non seulement le concierge est encore là, mais en plus, il semble être dans sa classe. À moins qu'elle ait oublié d'éteindre les lumières en sortant? Pour ne pas courir le risque de déclencher le système d'alarme, Simone se dit qu'elle va frapper et attendre qu'on vienne lui ouvrir. Mais étrangement, lorsqu'elle met la main sur la porte, elle réalise que celle-ci n'est pas verrouillée. Encore une fois, soulagement !

La jeune enseignante s'estime chanceuse. Elle entre dans l'école et se dirige vers sa classe. L'endroit est vide et calme. Une musique résonne dans les couloirs ; ce doit être le concierge qui la fait passer. Elle a toujours aimé l'ambiance d'une école sans élèves. Même si les lieux sont vides, les rires et les voix des enfants semblent toujours planer dans l'air. En se concentrant très fort, on pourrait presque les entendre. Mais au lieu de ça, c'est une chanson d'Édith Piaf qui résonne : « Non, rien de rien, non, je ne regrette rien… »

Simone tourne dans le couloir qui mène à sa classe. Elle y voit de la lumière qui se reflète par la porte du local. Elle dit en forçant la voix :

— Monsieur Hamel ? C'est Simone. J'ai oublié quelque chose. Je viens le récupérer.

La musique s'arrête. Simone entend l'homme marcher dans la classe et déplacer des objets. Elle arrive devant sa porte et s'arrête.

— Monsieur Hamel ?

Le local est vide. Simone s'étire le cou pour voir si le concierge ne serait pas dans un coin qu'elle n'a pas vu.

— Monsieur Hamel ?

Personne.

L'enseignante est pourtant certaine d'avoir entendu l'homme ; il ne doit pas être très loin. Elle va tout de même à son bureau et se penche pour récupérer son ordinateur, mais ce dernier n'est pas là où elle a l'habitude de le mettre. Étrange. Simone repasse dans sa tête les endroits où elle aurait pu le laisser. Elle ne pense pas l'avoir apporté ailleurs qu'ici. À moins qu'elle l'ait déposé dans la classe de madame Suzanne, en prenant le téléphone ? Probablement pas, mais pour en être certaine, elle décide de vérifier. Simone sort de son local et pénètre dans la salle de classe sombre de sa collègue.

Elle passe sa main sur le mur afin d'actionner les interrupteurs des néons, qui s'allument en clignotant en cadence. Elle regarde autour d'elle, mais ne voit rien qui lui appartient. Dans son angle mort, Simone aperçoit enfin le concierge qui entre dans sa classe. Peut-être que monsieur Hamel a vu l'ordinateur et l'a rangé dans un endroit plus sûr.

— Monsieur Hamel, c'est Simone, je suis venue...

Elle retourne dans son local, mais n'y voit toujours personne. Elle a chaud dans son manteau d'hiver et commence à trouver tout ce qui se passe moins rassurant. Les mots de Claudette lui reviennent en tête : « C'est une vieille école, ici. Faut apprendre à cohabiter avec les fantômes. » Simone sourit en expirant. C'est ridicule. Puis, elle se souvient d'avoir déposé son ordinateur dans son armoire plus tôt dans la journée. Avec la venue de tous les parents pour le jour de Noël, elle avait préféré le mettre en lieu sûr.

Simone ouvre les portes grinçantes de l'armoire. Elle perçoit au même moment un petit rire étouffé d'enfant. L'enseignante sursaute : ça provient de la tente à côté du sapin de Noël. Elle tourne la tête en direction de celle-ci. Cette fois, pas de doute : le tissu bouge. Il y a bel et bien quelqu'un à l'intérieur.

PARTIE 2

CHAPITRE 10

LA FUGUE

Simone regarde la petite tente qui bouge alors que l'école est censée être vide, si ce n'est la présence possible du concierge. Se pourrait-il que Félix-Olivier se soit sauvé de sa famille d'accueil pour s'introduire dans l'école et s'y cacher ? Est-ce que la vieille femme avait raison ?

L'enseignante s'avance et demande :

— Qui est dans la tente ?

Elle fait encore quelques pas.

— Est-ce que c'est toi, Félix-Olivier ?

Le tissu bouge, la porte s'ouvre et le petit garçon sort de sa cachette, la tête baissée. Il regarde le sol ; il sait qu'il a fait une bêtise. Simone se retient d'avoir une réaction trop excessive. Elle ne veut pas effrayer son élève et perdre sa confiance. Une approche douce et compréhensive est, selon elle, la meilleure façon d'obtenir la coopération de l'enfant.

Elle s'accroupit et utilise sa voix mélodieuse pour demander :

— Qu'est-ce que tu fais là, mon minou ?

En observant le garçon silencieux, Simone remarque qu'il a uriné dans son pantalon. Le pauvre enfant, il est peut-être dans la tente depuis des heures ! En se levant, l'enseignante le rassure :

— J'ai un pantalon de rechange pour toi, ne t'en fais pas avec ça.

La femme ouvre son armoire et prend un sac de plastique dans lequel il y a des vêtements pêle-mêle qui servent justement quand surviennent des accidents de ce genre.

— Tiens, mon minou, va te changer dans les toilettes et mets ton pantalon et ton sous-vêtement sales dans le sac.

Simone tend le tout à l'enfant en lui montrant de la main la petite salle de toilettes dans le coin de la classe.

Félix-Olivier prend le sac et le pantalon, et fait ce qui lui a été demandé sans protester. Pendant qu'il se change, Simone va chercher le téléphone sans fil pour appeler la police, mais l'appareil n'est pas sur sa base dans la classe de Suzanne. Simone soupire : elle est partie si vite cet après-midi qu'elle a oublié de remettre le téléphone à sa place. L'objet traîne sur la table de peinture, près de la porte, et il est complètement déchargé. L'appel devra attendre.

Le garçon sort des toilettes avec le sac dans les mains.

— Tu peux mettre tout ça sur la table et te laver les mains.

L'enfant s'exécute, toujours dans le plus lourd des silences. Une fois qu'il a terminé, Simone s'approche de son élève et lui demande :

— Comment t'as fait pour venir ici tout seul ?

Félix-Olivier reste immobile. Il ne tourne que la tête vers Simone et répond :

— Maman est venue me chercher.

Cette révélation est certes troublante, mais ce qui surprend le plus Simone, c'est que la langue du gamin ne semble pas blessée. Elle se serait attendue à ce qu'il parle avec difficulté. Afin de constater l'ampleur de la soi-disant blessure, la femme saisit délicatement le menton du garçon et demande gentiment :

— Montre-moi ta langue, mon minou.

Félix-Olivier obéit et tire la langue. Elle est intacte, sans aucun signe de mutilation.

Simone est confuse. Il est impossible qu'une langue coupée en deux guérisse aussi vite ! Pourquoi la famille aurait-elle inventé une histoire pareille ?

— Tu dis que ta maman est venue te chercher pour t'amener à l'école ? Mais pourquoi elle ne t'a pas ramené à la maison avec grand-papa ?

Félix-Olivier fixe Simone. Il retient son émotion. Ses yeux se remplissent d'eau, mais l'enfant lutte contre les larmes. Finalement, il avoue :

— Je ne peux pas retourner avec grand-papa. Ma place est avec maman.

— Qu'est-ce que tu veux dire ?

— Maman est revenue me chercher.

Simone est troublée devant l'état psychologique de son élève. Cet enfant ne va pas bien, elle doit rapidement lui trouver de l'aide. Elle lui tend la main et dit :

— Viens avec moi, on va aller dans la salle des enseignants, d'accord ? Je dois faire un appel.

Le regard de Félix-Olivier s'assombrit, et le garçon crie sèchement :

— NON !

Il échappe alors à Simone et sort de la classe en courant. Désarçonnée par cette réaction imprévue, l'enseignante met quelques secondes à réagir, puis elle se lance à la poursuite du gamin.

— Félix-Olivier, attends !!!

Pendant un moment, Simone se demande si elle ne devrait pas appeler la police tout de suite et partir seulement ensuite à la recherche de l'enfant. Mais si le garçon sort de l'école et se sauve dans la nuit froide d'hiver, elle pourrait perdre sa trace. Elle décide donc de le suivre pour tenter de le raisonner. Il a confiance en elle. Elle sait maintenant qu'il est imprévisible ; elle ajustera ses interventions en conséquence.

L'enfant court étonnamment vite dans les couloirs noirs de l'école. Heureusement que les lumières des quelques portes extérieures éclairent légèrement l'endroit. Il bifurque et s'engage dans les escaliers qui mènent au sous-sol. Simone le suit en espérant qu'ils arriveront nez à nez avec le concierge, dont le local de maintenance se trouve justement à cet endroit.

— Félix-Olivier, arrête-toi, je n'appellerai pas si tu ne veux pas. Attends !

Le garçon continue sa course. En arrivant dans le sous-sol de l'école, il tourne à gauche et tire les grandes portes qui mènent dans l'auditorium. Simone le suit, mais une fois que les portes se referment derrière elle, la salle est plongée dans un noir si opaque qu'il lui est impossible d'aller plus loin. Les petites lumières rouges indiquant l'emplacement des sorties d'urgence n'éclairent pas suffisamment, et même si Simone sait que cette salle est munie d'une scène et d'une centaine de bancs, elle ne les voit pas. Elle n'a visité cette pièce qu'une seule fois, lors du spectacle de chants de Noël il y a deux semaines. Ne se rappelant plus la configuration exacte de l'espace, l'enseignante préfère s'immobiliser afin d'éviter de trébucher.

— Félix ? Mon minou, il fait trop noir, je ne peux pas te chercher. Tu vas te faire mal, reviens ici.

Soudain, Simone sent un souffle dans son cou. Une personne est à côté d'elle, elle peut l'entendre, mais elle n'a pas la taille d'un enfant. Sa respiration froide s'accompagne d'une odeur prononcée de fumée qui rappelle la trace olfactive qu'on porte après une soirée passée autour d'un feu de camp. Simone est terrifiée ; elle n'arrive plus à bouger ni à respirer. Elle voudrait crier le nom de Félix-Olivier, et faire quelques pas vers l'arrière pour agripper la porte de sortie, mais elle ne fait rien. Elle est envahie par une peur qui la pétrifie.

Le souffle se rapproche et se dépose sur sa joue. L'inconnu est tellement près d'elle que si Simone bouge un tant soit peu, leurs visages se toucheront. La respiration est audible et atrocement menaçante. Simone pense qu'il s'agit peut-être du concierge; qui d'autre pourrait se trouver là? Se pourrait-il que monsieur Hamel soit un violeur? Terrorisée à l'idée de se faire agresser, Simone trouve enfin le courage de pousser un cri puissant et viscéral.

Aussitôt, les lumières de l'auditorium s'allument toutes en même temps, révélant la salle au complet. L'avant de la scène en lattes de bois surélevée; les rideaux de velours rouge; les dizaines de rangées de bancs rétractables de la même couleur que les rideaux de scène. Simone s'empresse de donner un vigoureux coup de coude derrière elle. Un geste qu'elle exécute dans le vide, car il n'y a personne. Elle essuie les larmes sur ses joues. Au même moment, Félix-Olivier lève la tête d'entre les bancs.

La voix tremblante, Simone l'implore:

— Viens, Félix, on sort d'ici, OK?

Le garçon regarde son enseignante, puis tourne la tête légèrement en détournant le regard comme si quelque chose derrière Simone venait d'attirer son attention. Par réflexe, la jeune femme se retourne pour vérifier ce que c'est, mais il n'y a rien. Toute cette situation est terrifiante. L'enfant fixe le vide. Simone tremble de peur.

— Félix-Olivier, viens, on sort d'ici.

— Non, maman ne veut pas.

À cet instant, sans l'ombre d'un doute, Simone entrevoit une silhouette de femme vêtue de blanc qui marche entre les rangées de bancs. Elle circule d'une rangée à l'autre, accroupie, et tourne dans l'allée centrale. Elle défile dans chacune des rangées en avançant vers la scène surélevée, devant laquelle se trouve Simone. Sa vitesse est surhumaine, personne ne peut marcher à si vive allure dans une telle position.

C'en est trop. Simone cède à la panique. Elle sort de l'auditorium en courant et grimpe les escaliers deux par deux. Dans sa fuite, elle réalise qu'elle a laissé l'enfant seul, qu'elle l'a abandonné face au danger. Comme la frayeur est plus grande que le remords, elle court quand même vers la porte donnant sur l'extérieur, obnubilée par l'idée de quitter cet endroit le plus vite possible et de trouver de l'aide. Simone saisit la poignée de métal et pousse pour ouvrir la porte, mais ça ne fonctionne pas. Elle se reprend en tirant, mais rien à faire, la porte ne s'ouvre pas. Pourtant, elle était déverrouillée à l'arrivée de la jeune prof... Simone pousse et tire avec insistance, mais rien n'y fait.

Tout à coup, dans l'école noire, vide et menaçante, la sonnerie du téléphone retentit ; un son qui, normalement, se perdrait dans les bruits de l'établissement animé, mais qui, ce soir, résonne dans les couloirs vides. Il est presque 21 h : c'est une heure inhabituelle pour recevoir un appel dans un établissement scolaire. Simone court vers le bureau des enseignants, d'où provient la sonnerie. Peu importe qui sera au bout du fil, elle demandera de l'aide. Le mur face à la porte de cette pièce est entièrement fenêtré, et la lumière dorée des lampadaires qui éclairent la rue à l'extérieur se reflète à l'intérieur, ce qui permet à Simone de courir facilement dans la pièce sans avoir à chercher l'interrupteur. Elle décroche, essoufflée.

— À l'aide ! Aidez-moi ! Je suis coincée dans l'école avec un enfant.

Simone reçoit pour toute réponse le grésillement d'une ligne défectueuse. À travers le bruit strident de l'appareil, une petite voix tente de se faire entendre.

— Madame Simone, madame Simone.

L'enseignante retient son souffle haletant pour tenter de mieux discerner la voix. Elle demande :

— Allô ? Allô ? Est-ce que vous m'entendez ?

Le grésillement s'intensifie, puis s'arrête brusquement. La voix devient très nette : c'est celle de Félix-Olivier.

— Madame Simone.

— Félix-Olivier ? Mais t'as fait comment pour appeler ? Où es-tu ?

— Madame Simone, j'ai peur.

Simone ne sait plus quoi penser. D'un côté, ça lui semble impossible que Félix-Olivier puisse la contacter par téléphone, mais de l'autre, elle a peur de l'abandonner à son sort. Elle voudrait le retrouver et le sortir de cette école, mais elle ne sait même pas si elle arrivera à sauver sa propre peau. Incapable de réfléchir rationnellement, Simone panique et raccroche le téléphone. Puis, elle le décroche aussitôt dans le but de composer le 911[4]. Mais avant qu'elle ait le temps de le faire, une petite voix derrière elle l'interpelle.

— Madame Simone.

La femme se tourne, la gorge nouée, incapable de respirer. Félix-Olivier se tient dans le cadre de porte.

— Qu'est-ce que tu fais, madame Simone ?

— J'essaie de trouver de l'aide parce que la porte de l'école est coincée.

Envahie par la peur, Simone a l'impression de parler au ralenti. Elle ne sait pas si le garçon devant elle est normal ou non. Elle ne saurait décrire exactement ce qu'elle a vu dans l'auditorium il y a quelques minutes, mais une chose est certaine, elle doit sortir de cet endroit au plus vite. L'enfant fait deux pas vers son enseignante et dit d'une voix tremblante :

— J'ai peur.

→ 4 Le 911 est le numéro d'appel d'urgence utilisé en Amérique du Nord.

La jeune femme comprend que Félix-Olivier est comme elle et qu'elle se doit de l'emmener avec elle. Elle ouvre grand les bras et dit :

— Faut pas, mon minou, viens, je vais nous sortir d'ici.

Aussitôt, le gamin court se réfugier auprès de Simone, qui l'enlace. La froideur du corps de l'enfant surprend la femme, puis elle se rappelle qu'il est venu seul jusqu'ici et qu'il a probablement marché dehors, en plein hiver, sans vêtements appropriés. Pauvre petit.

Le combiné du téléphone fixe, toujours décroché, commence à émettre un bip pour signaler qu'il est encore en fonction. Simone met son doigt sur le bouton pour raccrocher la ligne et le retire afin de pouvoir composer un numéro. Mais avant qu'elle ait pu commencer, Félix-Olivier étire son petit bras et appuie sur les touches.

— Non, attends, mon minou, je vais le faire.

Félix-Olivier se tourne vers sa protectrice et lui fait signe de se taire avec son index. Simone se fige et le laisse poursuivre.

La sonnerie retentit dans le combiné que l'enseignante incertaine porte à son oreille.

— Oui, bonsoir ?

Simone reconnaît la voix : c'est celle de madame Langelier.

— C'est Simone, je suis dans l'école avec Félix-Olivier et j'ai vu la femme avec la robe blanche. Je n'arrive pas à sortir, il faut envoyer des secours.

Madame Langelier est silencieuse. Trop silencieuse…

— Madame Langelier, êtes-vous encore là ?

Simone regarde la base du téléphone pour comprendre ce qui se passe et elle s'aperçoit que Félix-Olivier a mis son doigt sur l'interrupteur pour couper la ligne. Découragée et inquiète, Simone s'exclame :

— NON ! Mais pourquoi t'as fait ça, Félix ?

* * *

Dans la maison de madame Langelier, l'horloge sonne 19h, et la vieille dame sent que quelque chose se prépare, mais elle ignore ce que c'est.

Il est évident que la fugue de Félix-Olivier est un mauvais présage, tout comme le fait qu'il a ouvert la bouche pour parler de sa défunte mère et qu'il s'est coupé la langue par la suite. Il y a parfois des drames si évidents à prédire que la vieille femme se demande comment il se fait que la majorité des gens n'arrivent pas à les sentir venir. La police et la DPJ lui ont interdit de faire quoi que ce soit, même de contacter l'enseignante de l'enfant. Mais la vieille femme n'en a que faire des règles. À son âge, elle n'a plus rien à perdre, contrairement à Simone, qui pourrait, selon elle, courir un grand danger si personne n'intervient. C'est pourquoi, plus tôt dans la journée, elle a téléphoné à l'école pour lui parler.

Madame Langelier est très proche de la famille Turcotte. Elle a tenté d'aider Camille, la mère de Félix-Olivier, à se libérer du mal qui la rongeait au tournant des années 2000. Selon les médecins, la jeune femme souffrait d'un trouble de santé mentale. Mais force est d'admettre que les médecins et madame Langelier ne sont pas sur la même longueur d'onde.

La vieille femme a un don, elle voit ce qui est invisible, ou plutôt, elle sent ce qui ne se voit pas. C'est une question de force et d'énergie, c'est abstrait. Même elle ne se l'explique pas très bien. Elle est capable de sentir la force d'une personne, son aura, comme certains l'appellent.

Avec le temps, la dame a découvert qu'à Malartic, certains individus portent en eux deux énergies, comme si leur corps était habité par deux âmes. Un quartier de la ville est particulièrement touché par des forces négatives, le secteur est, plus précisément la rue des anciennes maisons de la mine, tout près des écoles Saint-Martin et Renaud, où est née la grand-mère maternelle de Félix-Olivier.

La réalité, c'est que deux énergies peuvent cohabiter à l'intérieur d'une personne, mais les forces doivent se compléter. Malheureusement, parfois, les énergies sont nocives et s'emparent entièrement d'un corps, sans laisser à l'autre âme la chance d'avoir sa place. C'est ce qu'on pourrait appeler une possession, car l'énergie de départ se fait chasser par le parasite.

C'est, selon madame Langelier, ce qui est arrivé à Camille, la mère de Félix-Olivier. Dès sa naissance, Félix-Olivier aussi était différent. La dame a toujours senti qu'il y avait quelque chose en lui qu'elle ne comprenait pas, une force inexplicable, différente de celle qu'elle sentait en Camille. Elle a toujours su que l'enfant luttait avec un démon intérieur, son silence le démontrait bien. Mais pour une raison que la femme ignore, le garçon a baissé sa garde avec son enseignante Simone. Pourtant, madame Langelier n'a rien ressenti de spécial en Simone, aucune force particulière, sinon celle d'une bonne personne. Un peu le même genre d'énergie qu'aurait dégagée Camille sans son parasite.

Ce qu'on ne peut pas savoir, c'est si Félix-Olivier décide lui-même de ses actes ou si c'est la force maligne qui l'habite qui les lui dicte. Pourquoi l'enfant a-t-il senti une connexion avec son enseignante ? C'est un mystère. Mais ce qui est le plus étrange, selon madame Langelier, c'est que Simone ait aperçu une entité dans sa classe. Il n'est pas rare qu'une personne hantée ait des visions, mais pour un individu sain, c'est très inhabituel.

Assise sur sa chaise dans son salon, madame Langelier essaie de prédire la suite des choses, mais elle n'a malheureusement pas réponse à tout. Elle suit son instinct et tente de comprendre la vie à travers son ressenti. Elle a lu des livres sur le sujet, mais les questions sont si complexes que les réponses le sont tout autant. Quoi qu'il en soit, selon la femme, tout ce qui se passe ces derniers temps est de mauvais augure. Elle sent que quelque chose de grave se prépare, et ça concerne sans aucun doute Simone et Félix-Olivier.

Pourquoi Félix s'est-il coupé la langue ? Qui Simone a-t-elle vu dans sa classe ? Mais surtout, qui d'entre Félix-Olivier et l'entité qui l'habite s'intéresse à Simone ? Toutes ces questions restent sans réponse, et la vieille femme craint de n'arriver à comprendre que trop tard. Daniel Turcotte, pour sa part, a longtemps vécu dans le déni, mais après avoir accompagné sa fille dans sa descente aux enfers, il croit maintenant en ces phénomènes surnaturels. Victor et lui ont tous les deux une confiance absolue en madame Langelier.

En ce jeudi 22 décembre 2005, la voyante finit par s'assoupir dans son fauteuil. Elle fait un rêve troublant. Elle rêve de Félix-Olivier qui, la bouche en sang, essaie de lui parler. Puis, elle se retrouve devant un miroir dans lequel elle aperçoit ses yeux sortis de leurs orbites, laissant couler du sang sur ses joues ridées. Étrangement, la femme voit toujours, malgré l'absence de ses globes oculaires. Elle aperçoit, dans le miroir, le reflet de Camille vêtue de ce qui semble être une blouse d'hôpital blanche, tachée de sang dans la région du ventre.

Madame Langelier est toujours consciente de ses rêves et essaie de s'en détacher pour mieux les comprendre. Selon elle, beaucoup d'âmes tentent d'entrer en contact avec les vivants par le rêve, car les gens sont beaucoup plus réceptifs quand ils dorment.

Devant le reflet répugnant, la dame garde son sang-froid et demande :

— Camille, que fais-tu ici ?

La jeune fille ne répond pas. Elle fixe son fils mutilé qui se tient à côté de madame Langelier. La vieille femme repose sa question plus fermement.

— Camille, tu dois me dire ce que tu fais ici !

L'adolescente pousse un cri de rage puissant qui bourdonne dans les oreilles de la vieille dame. Le visage de Camille change et s'enlaidit en se noircissant, tout comme ses longs cheveux roux qui deviennent sombres. La figure de l'adolescente s'enflamme pendant qu'elle continue à gémir et à crier. La vieille dame la laisse faire son numéro en tentant de décoder le message. Puis, la jeune fille se calme peu à peu en laissant voir la nouvelle apparence de sa peau crevassée et desséchée, comme en cendres.

Madame Langelier voit devant elle une âme troublée qui ne contrôle pas ses énergies. Elle ne comprend pas pourquoi cette âme n'a pas été brûlée par les flammes et ne sait pas comment l'énergie de Camille aurait pu survivre. Ce rêve n'est pas qu'un simple rêve, c'est un message. Malheureusement, les messages provenant des défunts sont tout aussi mystérieux que leurs messagers, en présumant que Camille est réellement la messagère.

Soudain, toujours endormie, madame Langelier ressent une grande douleur au ventre. Elle presse son abdomen avec ses bras et quand elle les retire pour voir ce qui cause le mal, elle constate que son ventre est mutilé et qu'elle saigne abondamment. Elle relève la tête dans le miroir et aperçoit Félix-Olivier main dans la main avec sa mère, qui a repris une apparence normale. Le plus étrange, c'est que madame Langelier n'a plus le même reflet : elle est devenue Simone.

La sonnerie du téléphone retentit dans la maison endormie. L'horloge affiche 21 h. La vieille dame se réveille en sueur. Il y a longtemps qu'elle n'avait pas fait un rêve aussi troublant. Elle agite sa main à côté d'elle, attrape l'appareil sans fil pris dans la fente du fauteuil et répond.

— Oui, bonsoir ?

La ligne crépite, mais la voix du petit Félix-Olivier est reconnaissable. Il pleure.

— J'ai peur, mamie Jaja.

L'appel dure à peine quelques secondes, et la ligne est coupée.

CHAPITRE 11

LE REFLET

En maintenant toujours son doigt sur l'interrupteur du téléphone, Félix-Olivier lance un regard repentant à son enseignante. Il vient de raccrocher la ligne volontairement, même s'il sait que ce n'est pas bien. La femme prend la main de l'enfant pour la retirer quand ce dernier tourne la tête légèrement pour regarder quelque chose derrière elle. Simone se raidit ; elle craint ce que le garçon vient de voir. Elle espère que c'est le concierge, mais elle en doute fortement.

Alors qu'elle se retourne pour vérifier, la peur au ventre, les lampadaires dans la rue s'éteignent, plongeant la pièce dans un noir profond. La seule source de lumière, l'enseigne indiquant la sortie, éclaire à peine le local d'une lueur rouge inquiétante. À l'instant même où Simone tourne la tête, elle aperçoit un reflet dans les fenêtres : celui de la fille en robe blanche qu'elle a vue plus tôt et qui se tient dans le cadre de porte. Simone pousse un cri qui fait sursauter Félix-Olivier. Elle s'empresse de se retourner pour voir le cadre de porte derrière elle, mais il n'y a plus personne.

L'enseignante se prend la tête dans les mains. Elle ne comprend pas ce qui lui arrive. Elle a l'impression que le stress et la peur la font halluciner. Elle jette à nouveau un œil à la fenêtre : la femme est encore là. Elle se tient droite, les bras de chaque côté de son corps, ses longs cheveux noirs dissimulant légèrement son visage qui semble répugnant.

Simone recule d'un pas et heurte la poubelle, qui se renverse et la fait trébucher. En tombant, elle accroche le téléphone, qui s'écrase sur le sol et se brise en deux. Simone est pétrifiée. Elle le ramasse et écoute dans le combiné : il n'y a plus de tonalité. Claudette ne rigolait pas, il y a bel et bien des fantômes dans cette école !

Félix-Olivier constate que son enseignante perd son sang-froid. Il court jusqu'à la porte, où il étire son bras et se met sur la pointe des pieds pour atteindre l'interrupteur. Au même moment, les lampadaires à l'extérieur se rallument. La femme aux longs cheveux et à la robe blanche a disparu.

Simone demande à l'enfant :

— **Est-ce que tu as vu quelque chose ?**

Félix-Olivier s'approche de l'adulte et chuchote :

— **Faut pas avoir peur.**

— **Alors, toi aussi, tu la vois ?**

L'enfant affiche le plus naïf des sourires et, d'une voix enjouée que Simone ne lui connaît pas, il répond en rigolant légèrement et en haussant les épaules :

— **Bien sûr ! C'est maman !**

Simone voudrait disparaître, ou plutôt, elle voudrait ardemment se réveiller. Tout ce qui arrive est impossible. Elle doit encore être sur son divan, chez elle, en train de faire la sieste et de rêver. L'enfant s'avance encore plus près de Simone et, en mettant ses deux mains sur ses genoux, comme le ferait un adulte qui s'adresse à un petit, il demande :

— Pourquoi t'as peur, madame Simone ?

L'enseignante fixe son élève, qui se tient devant elle avec toute sa naïveté d'enfant. Elle ne sait pas quoi lui répondre. Voir des fantômes semble être normal pour lui, mais ça ne l'est pas du tout pour elle. Comment lui expliquer tout ça simplement ?

— Écoute, mon minou, il faut qu'on sorte d'ici. On n'a pas le droit d'être à l'école pendant la nuit.

Le garçon tend les bras pour se faire prendre, comme n'importe quel enfant qui cherche du réconfort. Simone le soulève, le gamin s'agrippe à son cou et met ses jambes de chaque côté de sa taille. Ainsi, Simone peut courir à l'extérieur du local, d'autant plus que le garçon pèse une plume. Elle parcourt le long couloir en tenant fermement Félix-Olivier contre elle. Elle veut se rendre à l'autre extrémité de l'école, où se trouve une autre sortie. Avec un peu de chance, celle-là ne sera pas verrouillée.

Parvenue au bout du couloir, elle descend les quelques marches qui mènent à la sortie en prenant garde de ne pas trébucher dans l'escalier. Quand elle arrive enfin devant la grande porte vitrée, le reflet de la femme en robe blanche aux longs cheveux noirs apparaît. Simone pousse un cri et, plutôt que de tenter d'ouvrir la porte, elle continue à dévaler les escaliers jusqu'au sous-sol, en serrant toujours Félix-Olivier contre elle.

En arrivant à l'étage inférieur, elle se retrouve dans le gymnase de l'école, qu'elle traverse en courant. À bout de souffle, Simone s'arrête quelques instants. Elle dépose son élève sur le sol. Le garçon est stoïque, comme d'habitude. Il regarde sa protectrice en se demandant pourquoi elle a peur de sa mère.

Les deux mains sur les genoux, le souffle court plus en raison de la peur que de l'exercice physique, l'enseignante tente de trouver une façon de sortir de cette école. En levant la tête, elle aperçoit une enseigne lumineuse qui affiche une sortie, directement dans le gymnase. Elle prend le garçon par la main.

— Viens !

La sortie se trouve à une dizaine de mètres d'eux. Rapidement, ils atteignent les premières portes, que Simone tire vigoureusement. Devant eux se dresse un escalier de bois qu'ils doivent monter avant d'accéder aux portes extérieures. Sur les côtés de l'escalier sont entreposés des traîneaux et des jeux d'hiver. L'endroit est glacial. Simone escalade les marches et pousse la porte, qui ne s'ouvre pas. Elle est aussi verrouillée de l'intérieur. Probablement une précaution prise en raison des vacances de Noël. Simone crie de désespoir.

Comment va-t-elle réussir à sortir de cette école maudite ? L'enseignante frappe la porte avec son pied et ses mains en rageant. Après quelques secondes à se laisser aller à la panique, elle finit par s'adosser à la porte en gémissant de peur et d'inquiétude.

C'est alors qu'elle réalise que Félix-Olivier n'est plus à ses côtés. Elle s'empresse de retourner dans le gymnase. Dès qu'elle y entre, le changement de température la frappe. Sans s'en rendre compte, elle était en train de geler dans ce petit espace. Simone s'inquiète pour l'enfant, qu'elle ne voit nulle part. Elle s'en veut de l'avoir laissé filer encore une fois. Elle voudrait crier son nom, mais elle a peur d'attirer la chose. C'est à ce moment qu'elle se souvient que dans le local d'éducation physique se trouvent des poutres en bois pour développer l'équilibre. Si elle en empoigne une, elle pourra s'en servir pour défoncer une des portes vitrées et ainsi sortir de l'école. Elle fera du même coup éclater ce satané reflet, si la femme ose encore apparaître dans la vitre.

Pressée par le temps et la peur, Simone décide de laisser aller l'enfant. Elle vient de trouver une façon de sortir; tant pis s'il ne la suit pas. Elle a bien essayé de le garder près d'elle, mais il semble que Félix-Olivier ne craint pas cette chose. « Tant mieux pour lui, pense Simone. Qu'il reste avec sa mère s'il le veut. Moi, je déguerpis. »

Simone ouvre la porte du local et trouve l'interrupteur. Les poutres se trouvent dans le fond d'un amas d'objets. Des buts de hockey, des chariots à ballons, des matelas de sol, des cordes encombrent l'espace. Rien qu'accéder aux poutres est un concours d'athlétisme en soi.

La jeune femme parvient enfin à en libérer une et ressort en sueur du petit entrepôt. La poutre mesure au moins quatre mètres et est très lourde, mais Simone est déterminée à sortir de là. Concentrée sur sa tâche, elle ne voit pas que Félix-Olivier se tient de l'autre côté de la porte. Elle fait un geste brusque, et le bout de la poutre percute le visage du garçon, qui s'effondre.

Quand Simone réalise ce qui vient de se passer, elle pousse un cri et laisse tomber la poutre afin d'aller porter secours à son élève étendu sur le sol.

— Merde ! Félix-Olivier ! Je ne savais pas que tu étais là ! Excuse-moi.

Le garçon se relève tel un automate, essuie son visage avec sa manche et répond sans émotion :

— C'est pas grave, ça ne fait pas mal.

Simone court jusqu'aux toilettes qui sont à quelques mètres d'eux. Elle entre dans une cabine et déroule une grande quantité de papier toilette qu'elle veut rapporter à l'enfant, qui saignera probablement abondamment du nez. En sortant, elle se retrouve face à face avec le miroir de la salle, plongée dans l'obscurité. Pourtant, on y distingue clairement le reflet d'une robe blanche.

Simone hurle et court rejoindre l'enfant. Elle lui donne le papier toilette dans un geste rapide et tremblant, empoigne ensuite la poutre en ordonnant à Félix-Olivier de la suivre. Dans toute cette panique, ce que Simone ne remarque pas, c'est que Félix-Olivier ne saigne pas.

Pour sortir, Simone doit repasser devant la porte des toilettes, tourner dans la cage d'escalier, monter six marches, défoncer la porte de sortie avec la poutre. Ensuite, elle sera libre. La femme réunit toutes ses forces et sa rage, puis elle s'élance. Félix-Olivier la suit. Simone ne voit pas que le petit tient un tournevis dans ses mains, objet qu'il a pris dans le local du concierge situé à côté des toilettes.

* * *

Chez elle, madame Langelier s'inquiète. Elle appelle Daniel pour lui demander de venir la voir ; elle a un très mauvais pressentiment dont elle doit lui faire part. L'homme, qui est célibataire depuis cinq ans et maintenant sans enfant, accepte immédiatement de passer chez elle. À son arrivée, elle lui explique ce qui vient de se produire : l'appel de Félix-Olivier et le rêve. Monsieur Turcotte est inquiet. Il regarde l'écran sur le téléphone et constate que l'appel provient de l'école Renaud. Cette dernière information alarme encore plus les deux amis, qui sont certains que Félix-Olivier, et peut-être aussi son enseignante, sont en danger.

— Daniel, il se passe quelque chose. J'ai toujours senti de mauvaises vibrations dans cette école. Comme si une tristesse infinie l'habitait. On doit aller voir ce qui se passe là-bas !

— Je ne sais pas...

L'homme hésite. Il a vu sa fille devenir un être répugnant et violent. Il sait que Félix-Olivier pourrait en faire tout autant. Madame Langelier est vieille : si elle se retrouve encore face à cette force puissante, elle pourrait bien y laisser sa peau. Déjà qu'elle a perdu ses yeux...

— Écoute, Daniel, je suis certaine que la maîtresse de Félix est avec lui. Il faut sauver cette pauvre fille. Elle n'a rien à voir avec cette histoire.

Secrètement, Daniel regrette d'avoir laissé son petit-fils grandir. Il aurait dû le noyer dans le bain, il aurait pu le laisser sans surveillance dans la cour et le regarder s'éloigner et traverser la rue, il aurait pu oublier de l'attacher dans sa balançoire. Il a eu tellement d'occasions de se débarrasser de cet enfant sournoisement. C'est ce qu'il aurait dû faire, mais il n'en a jamais été capable. Et voilà que ce soir, il sent qu'il en payera le prix, ou pire, qu'une autre personne le fera à sa place.

Parce que la triste vérité, c'est que sa fille a mis au monde un fils possédé par le même esprit qui la hantait, elle. Cet esprit, elle a tenté de l'éliminer en s'immolant, car selon ce que madame Langelier lui avait dit, brûler une âme parasite était la seule façon de l'exterminer pour de bon.

L'enfant de Camille a malheureusement été sauvé par les médecins. Il aurait fallu que lui aussi quitte ce monde pour que la malédiction s'éteigne une fois pour toutes, mais il en a été autrement. L'esprit a donc quitté le corps de Camille pour migrer dans celui de son fils. Voilà où Daniel en est aujourd'hui, coincé avec un enfant possédé dont il est responsable.

Après quelques minutes d'hésitation, monsieur Turcotte et madame Langelier décident d'aller ensemble voir ce qui se passe à l'école. Mais avant d'avoir franchi complètement la porte de sa résidence, la vieille femme a un vertige et perd l'équilibre. Daniel s'empresse de l'agripper par le coude pour l'empêcher de tomber.

— Écoutez, restez ici. Je vais appeler Victor et on va y aller, lui et moi.

— Non, je viens. Laisse Victor en dehors de ça. Il en a déjà assez vu.

— Mais vous n'êtes pas assez forte pour m'accompagner.

La femme prend une pause. Elle voudrait avoir vingt ans de moins. Son corps est faible, mais sa pensée, elle, reste toujours vive. Elle maugrée, choquée d'être coincée dans cette vieille carcasse.

— Je resterai dans l'auto. Mais je viens.

La dame se ressaisit et continue de marcher lentement vers la voiture.

Daniel tente quand même de joindre Victor sur son portable, mais ce dernier ne répond pas. L'homme rage intérieurement, puis il se ravise. Comme il a déjà perdu sa femme et sa fille qui se sont suicidées, sa deuxième femme avec qui il a vécu une séparation douloureuse et son petit-fils qui lui a été retiré par les services sociaux, il se dit qu'il n'a plus rien à perdre, contrairement à Victor, qui tente désespérément de se refaire une vie. Il décide d'épargner le jeune homme et de s'occuper « seul » de cette affaire, même s'il est évident que ça va mal se terminer.

Avec madame Langelier, il se dirige donc vers l'école primaire. Ils ne savent pas ce qui les attend. Ils n'ont pas de plan, sinon celui de sauver des vies si c'est encore possible. Mais ils sont conscients que la mort peut parfois être une forme de libération, quand notre corps ne nous appartient plus.

Sur la route, madame Langelier fait part de ses interrogations à Daniel.

— Je suis inquiète pour Simone. Elle m'a avoué avoir vu une silhouette de femme en robe blanche dans sa classe, et je sais qu'elle me cache autre chose. Penses-tu que ça pourrait être Camille ?

— Camille ne portait jamais de robe blanche.

— Ses vêtements d'hôpital ressemblaient à une robe blanche.

— Camille s'est immolée. C'est vous-même qui m'avez dit que c'était la seule façon de faire disparaître une âme à tout jamais.

— L'âme disparaît seulement si le corps meurt dans les flammes. Mais si le feu est éteint et que la personne succombe à ses blessures, l'âme survit. On ne sait pas exactement quand Camille a poussé son dernier souffle.

Daniel fixe la route. L'idée que l'âme de sa fille soit encore prisonnière de ce monde le bouleverse. Le pauvre homme se consolait en se disant qu'au moins, son enfant était libérée du mal.

Devant le silence de son ami, la femme continue :

— Félix-Olivier s'est coupé la langue après avoir parlé à Simone, et il lui a dit que « maman » ne voulait pas qu'il parle. Daniel, j'avoue que je ne comprends pas. Pourquoi Camille refuserait-elle qu'il parle ? Dans mon rêve, elle semblait tellement en colère et perturbée...

— Félix-Olivier ne voit pas Camille ! Il voit cette chose, comme Camille voyait sa mère qui n'était pas sa mère. C'est vous-même qui me l'avez dit.

— Je sais...

La vieille dame se sent impuissante ; elle n'a pas réponse à tout. L'autre monde est complexe et difficile à décoder.

— Et si les mamans essayaient tout simplement de récupérer leurs enfants ?

Daniel se tourne vers sa passagère.

— Qu'est-ce que vous voulez dire ?

— Sylvie et Camille sont décédées en tentant d'emmener leur bébé avec elles, parce qu'elles le savaient condamné. Et si elles essayaient encore de sauver leur enfant ?

Daniel s'impatiente.

— De le sauver comment ?

— En venant le chercher pour l'emmener dans la mort avec elles.

Daniel se fâche.

— Voyons ! Ça n'a pas de sens ! Elles seraient revenues pour tuer leur enfant ? Ma femme et ma fille ! Camille, revenue pour tuer son fils ! MA CAMILLE !

Madame Langelier garde un ton calme. La vérité est souvent choquante.

— Écoute, Daniel, j'essaie juste de comprendre. Et je n'ai pas encore trouvé pourquoi Simone est concernée par tout ça.

— C'est à cause de Félix-Olivier : il se cherche une mère.

— Peut-être. Mais si Camille est encore dans les parages, ça risque de ne pas lui plaire...

Le reste du trajet s'effectue en silence. Quand la voiture tourne le coin de la rue avant l'église, les lumières allumées dans les différents locaux attirent l'attention de Daniel. L'homme stationne son véhicule devant la porte, à l'ouest de l'école, et laisse le moteur tourner. Il demande à madame Langelier de rester assise au chaud pendant qu'il va voir s'il peut ouvrir une porte.

Le grand-père marche vers l'établissement, dans l'allée centrale enneigée. Il y a plusieurs portes qui permettent d'entrer dans l'école Renaud. Daniel est résolu à toutes les essayer s'il le faut. Dès que l'homme met sa main sur la poignée de la première porte et tire, il se rend compte qu'elle est verrouillée.

Alors que le grand-père s'apprête à rebrousser chemin, il voit clairement Simone dévaler l'escalier.

Daniel lui fait un grand signe de la main pour qu'elle vienne lui ouvrir, mais au lieu de ça, la femme hurle de peur en le regardant droit dans les yeux et continue sa course dans l'escalier du bas.

— MADAME SIMONE ! C'est moi, Daniel !!!!

L'homme a beau crier, l'enseignante est maintenant hors de sa vue. Daniel revient en courant dans la neige vers la voiture, ouvre la portière et s'empresse de dire :

— J'ai vu la maîtresse de Félix, elle est dans l'école et elle a l'air terrorisée. Elle a crié en me voyant.

— Est-ce qu'elle était seule ?

— Oui !

— Et maintenant, qu'est-ce que tu fais ?

Daniel s'installe au volant et appuie sur l'accélérateur.

— Je ne sais pas. Je vais aller voir si je ne l'apercevrais pas par les fenêtres du sous-sol, de l'autre côté de la cour. Je l'ai vue descendre.

L'homme roule jusqu'au bout du bâtiment et tourne dans le parking entre les deux écoles. Il laisse une fois de plus le moteur tourner et s'empresse de traverser la cour d'école pour se rendre à la porte du gymnase. Il connaît évidemment très bien cet endroit qu'il a fréquenté étant petit, en plus d'y avoir accompagné sa fille Camille à de nombreuses reprises quand elle était enfant. Il est malheureusement impossible de voir par les fenêtres du gymnase, car en plus du grillage et de la neige, il fait trop sombre. C'est peine perdue.

Au moment où l'homme s'apprête à rebrousser chemin, il entend crier à l'intérieur. Ça semble venir de derrière les grandes portes qui mènent au gymnase. Rapidement, il tente de les ouvrir, mais elles sont verrouillées elles aussi. Il crie à pleins poumons :

— **MADAME SIMONE ? MADAME SIMONE ?**

Mais il ne reçoit aucune réponse. Il donne des coups d'épaule dans les vitres de la porte, en vain. Le froid de décembre est glacial. Les mains de Daniel le font souffrir, tellement elles sont gelées. De plus, l'idée de faire éclater une porte de verre avec son épaule ou son dos ne lui semble pas la meilleure. L'homme est forcé de revenir à la voiture pour enfiler ses gants et réfléchir à une autre façon d'entrer dans cette école.

D'un pas rapide, en soufflant son haleine chaude sur ses mains pour les réchauffer, Daniel rejoint madame Langelier, qui lui ordonne :

— Il faut que tu entres dans cette école, Daniel ! Utilise la porte de devant, celle qui mène à l'auditorium.

— Pourquoi cette porte ?

— C'est celle-là que tu dois utiliser.

— Elle sera probablement verrouillée, comme les autres.

— Alors, il faudra la fracasser !

— Mais je vais me blesser...

Daniel s'arrête net et se rappelle qu'il y a une pelle à neige dans le coffre de sa voiture. Il se ravise et lance :

— Oui ! OK, je vais la défoncer, et je sais comment. Tant pis pour le reste.

— VITE, Daniel !

* * *

Simone empoigne la poutre en bois et marche d'un pas décidé jusqu'à la cage d'escalier. Pour s'y engager, elle doit tourner la poutre à quatre-vingt-dix degrés, ce qui lui demande de l'attention, étant donné l'espace restreint dans le couloir. Une fois qu'elle a le bon angle pour s'engager dans les marches, elle relève la tête et pousse un cri de terreur.

Ce n'est plus le reflet d'une femme qu'elle voit dans la porte vitrée en haut de l'escalier : c'est une vraie personne. On dirait la même fille, mais cette fois, elle est en chair et en os devant elle. La femme a le visage dégagé ; ses yeux sont creux et sa peau, blanchâtre. L'enseignante distingue maintenant mieux ses vêtements. Elle ne porte pas une robe, mais une blouse d'hôpital. Une odeur de feu envahit le couloir de l'école. Simone pourrait enfoncer la poutre dans le ventre du spectre, mais elle se sent hypnotisée. La torpeur l'empêche de bouger. La femme s'approche d'elle. Ses pieds touchent à peine le sol. Les émanations de fumée sont fortes et le souffle froid de la femme est audible ; c'est celui que Simone a ressenti plus tôt dans le gymnase. Devant cette apparition surnaturelle, l'enseignante sent qu'elle perd la raison. Une partie d'elle voudrait s'enfuir, mais ses jambes refusent de bouger. Son corps s'engourdit. Le spectre exerce sur elle une force contraignante. Simone respire péniblement. Son cœur bat au ralenti. Une petite voix vient résonner en écho dans le couloir :

— Madame Simone.

C'est Félix-Olivier. Il se tient tout près de son enseignante, qui n'arrive pas à détourner les yeux de l'apparition devant elle.

— Madame Simone ? Tiens.

Félix-Olivier tend le tournevis à la jeune femme pétrifiée qui sait ce qu'elle a à faire. Elle le ressent comme une évidence. Dans un geste lent, Simone saisit l'objet. Elle fixe l'enfant en pleurant de terreur. En ramenant son regard vers l'apparition, Simone a une vision différente. La chose qui se tient devant elle n'a plus l'aspect d'un monstre. Elle s'est transformée en une jeune adolescente rousse au regard profond. Le même regard que celui de Félix-Olivier. La femme à la blouse blanche fixe Simone pendant que l'enseignante raidit son bras et s'enfonce le tournevis dans l'abdomen. Elle s'inflige plusieurs coups violents, sans grimacer. Elle introduit et retire l'objet du bas de son ventre à répétition, jusqu'à ce qu'elle retrouve enfin le contrôle de son corps et qu'elle arrive à lâcher l'arme en s'effondrant au sol dans un cri de douleur.

Simone est étendue par terre. L'adolescente aux longs cheveux a disparu, et Félix-Olivier se penche vers son enseignante.

— Madame Simone, maintenant, je vais aller me recacher dans la tente.

Simone voudrait parler, mais elle se sent faible. Elle lutte pour sa vie et concentre toute son énergie pour ne pas s'évanouir. Mais elle se sent tout de même chuter dans le vide.

CHAPITRE 12

LE PASSÉ

Dans sa perte de conscience, Simone accepte la mort qui vient probablement la chercher. Même si la jeune femme n'a jamais cru aux histoires de fantômes, avec ce qu'elle vient de vivre, elle n'a plus le choix d'admettre que des choses inexplicables peuvent se produire. Tout ce qu'elle souhaite maintenant, c'est que son départ soit rapide.

Étendue sur le sol, Simone sent son corps l'abandonner. Les yeux fermés, elle se laisse porter par un sentiment de bien-être. Au moment où elle profite enfin du calme et du vide, une musique lui vient à l'oreille. Une mélodie triste qui ressemble à celles qu'on entend à l'église. L'orgue résonne dans le gymnase de l'école, accompagné de reniflements et de pleurs. Simone en vient à se demander si elle ne serait pas en train de vivre ses propres funérailles.

Est-ce que c'est ça, la mort ? Un état d'inconscience dans lequel on entend ce qui se passe dans le monde des vivants ? Si c'est le cas, la mort est pire que tout ce qu'elle aurait pu imaginer. Doucement, elle ouvre un œil. Elle est toujours étendue sur le sol, dans le petit bout de couloir entre le gymnase et la cage d'escalier. Félix-Olivier n'est plus là, et son ventre, bien que mutilé, ne la fait plus souffrir.

Simone se lève avec précaution. L'environnement autour d'elle a changé. Elle sait qu'elle est toujours dans l'école, mais l'établissement a une apparence différente. En se tournant vers le gymnase, Simone sursaute. Ce qui se trouve devant elle ne peut pas être réel.

La scène semble venir d'une autre époque. La pièce est aménagée comme une église. Des fidèles y sont assis. Un prêtre se trouve à l'avant, sur une petite scène, et de grands cierges sont placés devant lui. De jeunes garçons portant de longues aubes blanches se tiennent bien droits devant l'assistance. Les gens pleurent. Simone s'avance un peu pour comprendre ce qui se passe. C'est à ce moment qu'elle aperçoit des cercueils de bois sur le sol, entre le prêtre et l'auditoire.

Simone ne comprend pas ce qu'elle fait là, ou plutôt ce qu'ils font tous là. Leurs habits sont étranges. Tout est à la fois familier et différent. Simone marche d'un pas hésitant. Elle a beau être debout devant tout le monde, le ventre ouvert et ensanglanté, personne ne semble la voir.

L'enseignante se sent faiblir. Elle voudrait se sauver, mais elle est contrainte d'observer la messe funèbre devant elle. Il y a tellement de tristesse et de désespoir dans l'air que la femme arrive à peine à respirer. Il fait chaud, une chaleur étouffante. La bouche sèche, Simone titube. Elle se déplace lentement sans savoir où elle va. Elle se sent désorientée. La chaleur devient insupportable, et pour cause : les cercueils sont soudainement en feu ! Simone crie pour alerter les gens, mais personne ne réagit face à l'incendie qui fait rage. À bout de force, elle s'agenouille sur le sol. Au même moment, elle sent que quelqu'un lui met les mains sur les épaules.

Une voix d'homme lui demande :

— Simone ? Simone, est-ce que ça va ? Où est Félix-Olivier ?

Une épaisse fumée a envahi l'espace. Simone n'y voit plus clair. Elle pleure et crie :

— Ils brûlent ! Ils brûlent !

— QUOI ? Où ça ?

— Les cercueils brûlent, il faut faire quelque chose.

— Quels cercueils ? Simone, tu es blessée, qu'est-ce qui t'est arrivé ? Je vais chercher de l'aide… Ça va aller.

* * *

Daniel met sa voiture en marche arrière et recule d'un coup sec dans le parking, avant d'embrayer à pleins gaz vers l'avant. La distance à parcourir avant d'arriver à la porte de l'auditorium n'est pas longue, une cinquantaine de mètres tout au plus. La voiture tourne le coin pour sortir du parking. À nouveau devant la façade de l'école, l'homme gare la voiture, sort sa pelle à neige et marche d'un pas décidé vers la porte d'entrée.

En arrivant, il s'empresse de jeter un œil à l'intérieur. Tout semble calme. Une légère lueur éclaire les escaliers. L'idée de casser la fenêtre ne lui semble plus si bonne. C'est un cri d'horreur puissant qui redonne à l'homme le courage de mettre son plan à exécution. Il vérifie que la porte est bel et bien verrouillée avant de reculer, de brandir la pelle au-dessus de sa tête et de la cogner contre la vitre. L'homme ressent un grand choc qui irradie dans ses doigts, ses mains et ses bras, mais la vitre est toujours intacte.

Le grand-père tourne l'objet pour frapper la vitre avec la poignée plutôt qu'avec la partie aplatie de la pelle. Il assène un second coup vigoureux, en vain. Il a soudain l'impression de voir Simone dans le bas des escaliers, au sous-sol, mais l'angle de vue n'est pas bon. Cependant, il est certain d'une chose : c'est d'avoir entendu un hurlement de terreur, du genre de ceux qui donnent la frousse juste à les entendre.

Déterminé à sauver cette femme, Daniel fracasse finalement la porte de l'école, laissant l'hiver pénétrer dans l'établissement. Avec le manche de la pelle, il pousse le reste des morceaux de verre et il entre enfin dans l'établissement, en faisant craquer les centaines d'éclats de verre brisé. En s'avançant, il aperçoit Simone couchée sur le sol. Il s'empresse de la rejoindre. Sa chemise en jeans bleue est tachée d'un liquide noir.

— Simone, Simone, est-ce que ça va ? Où est Félix-Olivier ?

La femme marmonne, dans un état de semi-conscience :

— Ils brûlent ! Ils brûlent !

— QUOI ? Où ça ?

Pendant que Daniel cherche les flammes, la femme continue de délirer.

— Les cercueils brûlent, il faut faire quelque chose.

— Quels cercueils ?

En mettant un genou par terre, il sent quelque chose de chaud et de liquide imprégner son pantalon. Il réalise alors que la tache sur la chemise n'est pas noire, mais rouge, et que c'est du sang.

— Simone, tu es blessée. Qu'est-ce qui t'est arrivé ?

Simone ne répond pas. Elle gémit et tousse.

— Je vais chercher de l'aide... Ça va aller.

En se relevant, Daniel tente de voir si Félix-Olivier ne serait pas dans les parages, mais il ne l'aperçoit pas. Il retourne à sa voiture en courant pour empoigner son téléphone, qu'il a oublié. Madame Langelier s'empresse de lui demander un compte rendu.

Tout en composant le 911, Daniel lui explique que Simone est blessée et qu'il n'a pas vu son petit-fils. La vieille dame ouvre sa portière et sort sa canne blanche, déterminée à se rendre sur les lieux. En communication avec la répartitrice du 911, Daniel, qui est beaucoup plus rapide que madame Langelier, a le temps de revenir dans l'école afin de prodiguer les premiers soins à Simone, en suivant les instructions de la première répondante.

Daniel tente de trouver l'interrupteur pour allumer les lumières, pendant que madame Langelier essaie de passer à travers la porte fracassée sans se blesser. L'homme le déniche enfin, et tout le couloir ainsi que le gymnase s'illuminent.

Daniel constate que Simone a de graves blessures à l'abdomen. Il a beau lui demander ce qui s'est passé, la femme ne semble plus consciente. Heureusement, elle respire encore. La priorité pour l'instant est d'arrêter l'hémorragie en utilisant un vêtement pour faire pression sur le ventre.

La personne du 911 explique à Daniel que les secours sont en route. Pendant ce temps, l'homme tente de réveiller Simone.

— Simone, où est Félix ?

Madame Langelier descend la dernière marche de l'escalier en se tenant à la rampe. Elle réussit à s'approcher de la blessée et, péniblement, elle s'agenouille à ses côtés.

— Bonjour, Simone, c'est madame Langelier. Tout va bien aller.

La vieille dame pose sa main sur le thorax de la jeune femme, dont la respiration est très faible. Puis, elle se tourne vers Daniel et affirme :

— Félix est quelque part dans l'école.

Simone revient enfin à elle et souffle :

— Les cercueils ont tous brûlé et Félix s'est caché.

— De quels cercueils parlez-vous ? lui demande la vieille femme.

— Dans le gymnase. Tout le monde est là.

Daniel aide la vieille dame à se relever et l'informe que le gymnase est derrière elle. Elle marche, guidée de sa canne qu'elle agite, pendant que l'homme reste au chevet de la blessée.

Une odeur de fumée est présente dans la pièce. La vieille femme peut facilement la percevoir. Bien que le sous-sol de l'école soit complètement désert, l'énergie qui s'en dégage est anormale. Madame Langelier, contrairement au reste de sa famille élargie, n'a pas grandi dans cette ville et n'a jamais eu à mettre les pieds dans cette section de l'école. Elle a emménagé dans la région dans la jeune vingtaine, et maintenant qu'elle visite enfin cette partie de l'établissement, il lui semble évident qu'une grande tristesse y règne.

Sans savoir ce qui s'est passé en ces lieux, elle sent que ça a un lien avec le malheur qui pèse sur la ville. Ça lui semble évident. Elle ressent partout autour d'elle le même chagrin, la même colère, l'incompréhension, mais surtout, le sentiment d'avoir été piégé. Depuis qu'elle a emménagé à Malartic, la dame ressent cette énergie négative. Pas toujours, pas partout, mais parfois, en présence de certaines personnes, et plus particulièrement dans le secteur est de la ville.

Selon la clairvoyante, une force désespérée hante Malartic, et cette force se ressent aussi dans l'école Renaud. Seuls les anciens savent pourquoi. Eux se souviennent de cette terrible journée. Mais tous agissent comme s'ils avaient oublié, car personne ne veut revivre cette page d'histoire. Personne.

Après quelques secondes passées dans le couloir qui mène au gymnase, madame Langelier revient sur ses pas tranquillement. Puis, elle s'arrête net et demande :

— Qui est là ?

Daniel regarde autour de lui : il n'y a personne. La vieille dame lève le nez et hume l'air ambiant.

— Camille, c'est toi ?

En entendant le nom de sa fille, l'homme frissonne. Il tourne la tête dans tous les sens. Se pourrait-il que son enfant soit dans la pièce ?

La dame tourne aussi la tête, mais lentement, comme un radar.

— Félix-Olivier ?

Daniel s'agite et regarde partout nerveusement.

— Félix, viens voir grand-papa !

Soudain, la vieille femme a une faiblesse ; elle s'approche du mur et s'y agrippe. Daniel, qui est toujours au chevet de Simone, ne peut pas l'aider. Il s'inquiète :

— Est-ce que ça va ?

La femme reste appuyée au mur, tentant de retrouver son équilibre. La tête baissée, elle finit par articuler :

— C'est en elle.

CHAPITRE 13

LA RECHERCHE

Daniel n'a pas le temps d'interroger madame Langelier sur ses dernières paroles, car il entend à ce moment un agent de police crier à l'extérieur :

— Police !

Le grand-père s'empresse de monter les marches deux par deux pour aller rejoindre les secours et les conduire à la blessée. Les deux agents, un homme rouquin à la coupe de cheveux parfaite et une femme brunette de grande taille, mettent aussitôt la main sur leur arme, et la policière ordonne :

— Arrêtez-vous, montrez-nous vos mains.

Daniel comprend que la situation est étrange pour eux. Que fait-il dans l'école à cette heure? Pourquoi la porte de l'établissement a-t-elle été fracassée? Et surtout, comment se fait-il qu'une femme se vide de son sang dans le bas de l'escalier? L'homme a chaud; il anticipe déjà les problèmes. En levant les mains en l'air, comme il l'a si souvent vu faire aux acteurs dans les films, il dit:

— Il y a une femme blessée.

La policière reste vigilante et demande:

— Pouvez-vous vous identifier?

— Daniel Turcotte.

Les deux agents de police se regardent. Ce nom leur dit quelque chose. Normal, vu l'avis de recherche qui a été lancé pour son petit-fils.

— Monsieur Turcotte, est-ce qu'il y a d'autres personnes ici avec vous?

Le grand-père s'impatiente.

— Oui !! La maîtresse de mon petit-fils est blessée, et mon petit-fils est quelque part dans l'école. Je suis venu avec Jeanne-Mance Langelier. Elle est avec la femme qui est gravement blessée.

Pendant ce temps, l'ambulance arrive derrière eux. Les policiers se décident enfin à entrer dans l'école et accompagnent les ambulanciers jusqu'à la victime. Pendant que les secours s'affairent à évaluer l'état de Simone, les policiers continuent de questionner le grand-père.

Daniel sait que les ennuis le guettent. L'homme en uniforme indique de la tête la porte éclatée en demandant :

— Savez-vous qui a fait ça ?

— C'est moi. On a reçu un appel de mon petit-fils. Le numéro disait qu'il était ici. On est venus, madame Langelier et moi, pour voir ce qui se passait. Et c'est là que j'ai vu Simone qui était couchée par terre. J'ai cassé la vitre pour venir la sauver, et elle m'a dit que Félix-Olivier était caché.

La policière l'interroge à nouveau :

— Savez-vous qui a agressé la victime ?

Au même moment, un des ambulanciers s'écrie :

— Elle est consciente !

Rapidement, le policier s'approche de Simone et demande :

— Madame, qui vous a agressée ?

Simone est faible, elle n'est pas capable d'ouvrir les yeux plus d'une seconde sans que ces derniers se referment. Elle a sommeil, mais elle résiste et utilise toute la force qu'il lui reste pour répondre avec difficulté :

— Sa mère.

— La mère de qui ?

— De Félix.

— Est-ce qu'elle est encore dans l'école ?

— Je ne sais pas.

— Est-ce que Félix est avec elle ?

— Non, il est caché dans la tente... Dans ma classe.

Les policiers n'ont pas le temps de poser plus de questions que Simone perd à nouveau connaissance. Les ambulanciers doivent la conduire aux urgences de l'hôpital de Val-d'Or, ils ne peuvent pas attendre plus longtemps, son état est trop critique. Pendant que le policier demande du renfort par radio, la policière interroge Daniel :

— Est-ce que vous savez où est la mère de Félix ?

Le grand-père ne répond pas ; il est sous le choc des aveux de la victime.

La voix de l'autre agent résonne dans l'école :

— On a une blessée grave et une suspecte en fuite, on demande du renfort.

La policière poursuit son interrogatoire :

— Monsieur Turcotte, pourriez-vous nous fournir une description de la mère de Félix ?

L'homme a les yeux exorbités. Il est pâle et tremblant. Il regarde l'agente, la peur au ventre, incapable de prononcer un mot. C'est madame Langelier qui répond à sa place :

— Elle est morte, sa mère, depuis cinq ans.

Les deux policiers se regardent. Ils sont confus.

— Savez-vous où est la classe de l'enseignante ?

Encore une fois, Daniel laisse son amie répondre :

— Oui, vous montez l'escalier, puis vous faites environ dix-huit pas jusqu'au bout du couloir à droite.

— Vous, madame, savez-vous ce qui s'est passé ici ?

— Non, je suis arrivée avec Daniel.

La vieille femme se garde bien de parler de ses dons et de ses pressentiments. Ce genre d'informations n'est jamais bien reçu, elle le sait par expérience. Les soupçons se portent toujours sur la personne qui semble ne pas être comme les autres. Avec les années, elle a donc appris à faire profil bas.

Les agents de police hésitent entre rester avec les témoins et partir à la recherche de l'enfant, puisqu'il n'est pas question pour eux de se séparer, la procédure ne le permettant pas. Dans un monde idéal, ils attendraient les renforts avant de bouger, mais comme la deuxième voiture vient de Val-d'Or, l'attente risque d'être longue.

C'est pourquoi ils décident de partir en éclaireurs dans les couloirs de l'école. Après avoir trouvé les interrupteurs pour éclairer le premier étage du bâtiment, ils ordonnent aux deux témoins de rester là où ils sont.

D'un pas assuré, mais avec prudence, les policiers se rendent jusqu'à la classe de madame Simone, où la lumière est encore allumée.

L'agente prend une voix maternelle pour appeler l'enfant :

— Félix, on est de la police, on est venus t'aider.

Après avoir balayé la classe du regard, l'homme signale d'un mouvement de la tête l'emplacement de la tente.

La policière s'avance pendant que son collègue la couvre. Les deux agents ne savent pas à quoi s'attendre. Ils restent aux aguets. Même si la coupable n'est vraisemblablement pas la vraie mère de Félix, ils gardent en tête que c'est une femme qu'ils recherchent.

La policière s'avance plus près de la tente pour en ouvrir la porte.

— Félix ?

En tirant sur le bout de tissu, elle aperçoit le garçon couché en position fœtale. Elle pose sa main sur son épaule.

— Félix, je m'appelle Nathalie, je suis policière.

L'agente sursaute : le corps est froid et rigide. L'enfant a une sangle en plastique autour du cou qui l'empêche de respirer. Son visage est bleu, ses lèvres sont mauves, et il baigne dans une flaque d'urine. La policière s'empresse de sortir un couteau pour le libérer tout en expliquant la situation à son collègue qui, à son tour, transmet l'information à la centrale. Finalement, l'agente de police se ravise et range le canif. La couleur de la peau, la froideur et l'état physique du garçon confirment qu'il est mort. Tenter des manœuvres de réanimation ou bouger le corps ne ferait qu'augmenter le risque de détruire des pièces à conviction. La classe de madame Simone est maintenant devenue une scène de crime.

D'autres renforts sont appelés. L'école Renaud devient une zone surveillée, et chaque recoin de l'école est fouillé dans l'espoir d'y trouver des indices. Le corps de l'enfant est examiné. Il ne porte aucune trace de violence, si ce n'est une blessure en forme de huit grattée sur son avant-bras gauche, qui est aussitôt interprétée comme de l'automutilation, à cause des bouts de chair retrouvés sous l'ongle de son index droit.

Après l'arrivée des renforts, on met Daniel Turcotte et Jeanne-Mance Langelier au courant des derniers événements. Puis, le grand-père est amené dans la classe pour identifier le corps. Les enquêteurs dépêchés sur les lieux observent sa réaction devant son petit-fils décédé. Pour le moment, tout le monde est suspect. C'est pourquoi l'homme et la vieille femme sont interrogés séparément.

Malgré ça, ils tiennent tous les deux le même discours : ils sont arrivés sur les lieux après avoir reçu un appel de Félix-Olivier. À leur arrivée, Daniel a aperçu Simone à l'autre extrémité de l'école. Elle semblait terrorisée et elle criait. Après avoir tenté d'entrer par l'arrière, Daniel a pris la décision de fracasser la porte avant du côté est. C'est à ce moment qu'il a trouvé Simone gisant au sol, mais il n'a pas vu la personne qui l'a agressée.

Les enquêteurs devront attendre de rencontrer Simone, si elle s'en sort, pour avoir plus de détails sur les événements et la confirmation de la version des deux témoins.

Les spécialistes fouillent l'école une bonne partie de la nuit, mais personne d'autre n'est repéré sur les lieux, et rien de suspect n'est trouvé non plus. Daniel et madame Langelier sont libérés au petit matin sous promesse de ne pas quitter la ville et de rester disponibles.

En mettant les pieds dehors, le grand-père aperçoit la camionnette de Victor stationnée devant l'école Saint-Martin, l'établissement voisin. Malartic est une petite ville. En rentrant chez lui, Victor a vu de l'activité inhabituelle à l'école et, en apercevant le véhicule de Daniel, il a cru bon de rester dans les parages.

Quand le père de Félix-Olivier voit le grand-père sortir, il démarre le moteur de sa camionnette pour le suivre. De son côté, Daniel ignore volontairement son ancien gendre, puisqu'il juge préférable de ne pas attirer sur lui l'attention des policiers qui encerclent l'école. Moins il y aura de monde impliqué dans cette enquête, mieux ce sera. Il décide plutôt de lui passer un coup de fil. Assis au chaud dans son véhicule, Victor reçoit l'appel et décroche en sachant que les nouvelles ne seront pas bonnes.

— Allô ?

— C'est fini.

Victor ne parle pas ; il a la gorge nouée.

— C'est fini, le petit est mort.

Toujours silencieux, le père ravale son chagrin.

— Suis-moi, il ne faut pas rester ici.

— OK.

Victor raccroche et embraye le levier de vitesse de la voiture pour suivre son ancien beau-père. Son cœur est serré. Il savait qu'un jour ou l'autre, ça arriverait.

Les sentiments de Daniel sont mitigés face au décès de son petit-fils. La tristesse est présente, mais le soulagement est grand. L'homme se sent libéré, délivré d'un fardeau qu'il portait depuis longtemps, car cet enfant avait beau être le fils de sa fille, il était aussi le fruit d'un mal puissant.

Bouleversé, le grand-père se répète en boucle qu'il aurait voulu que ça se passe autrement. Qu'il reconnaissait en Félix-Oliver un petit garçon doux et gentil, et que sans cette chose qui le consumait de l'intérieur, le gamin aurait été normal et heureux. Pour le moment, personne ne sait qui est responsable de la mort de l'enfant, mais Daniel se doute que le ou la coupable est une force surnaturelle. Il ne cherchera donc pas de meurtrier. Il accepte la fin, comme il l'a fait pour sa femme et sa fille, mais il ne peut s'empêcher de se demander pourquoi lui… Pourquoi tous les gens qu'il aime finissent-ils par mourir ?

Daniel ramène son amie chez elle. La vieille femme est dans un état de fatigue dangereux. Victor, qui est arrivé en même temps qu'eux, l'aide à la mettre au lit, et la femme leur promet de leur raconter ce qu'elle a senti à son réveil. Mais pour l'heure, le repos s'impose. Daniel ferme la porte de la chambre et chuchote :

— Je vais rester ici un peu pour être sûr que tout va bien.

Il se laisse tomber sur le divan, exténué. Victor, jusqu'à présent silencieux, regarde Daniel. Il s'attend à avoir plus d'explications. Au lieu de ça, il écoute les pleurs d'un homme abattu. Le front écrasé dans la paume de sa main, le grand-père pleure comme il ne l'avait plus fait depuis la mort de sa fille. L'homme se vide de ses larmes pendant plus de dix minutes sans être capable de dire un seul mot. Victor reste muet et patient. Il sait qu'il finira par apprendre ce qui s'est passé, et comme il se doute que ce sera dramatique, il ne se sent pas pressé d'être chamboulé à son tour.

Daniel finit par gémir :

— Il est mort, c'est fini. Il est mort, elle est venue le chercher. C'est fini.

Les yeux de Victor se remplissent d'eau.

— Comment c'est arrivé ?

Il aurait voulu avoir un enfant normal. Il aurait souhaité ne pas devoir craindre son propre fils, mais ce n'était pas le cas. Au plus profond de lui, Victor espérait qu'on arrive à extirper cette chose de son enfant, ce mal qui avait rongé sa petite amie jusqu'à l'os. Mais c'est extrêmement difficile de chasser un esprit squatteur de naissance. Camille l'a prouvé. La victime doit avoir une volonté de vivre assez forte pour lutter contre le mal qui la ronge, et un enfant a rarement cette détermination.

Dans les plans qu'ils avaient échafaudés, Daniel Turcotte, Jeanne-Mance Langelier et lui, Félix-Olivier devait subir une purification à l'adolescence, quand il aurait été assez fort et motivé pour combattre. Mais en réalité, tout le monde savait qu'il n'arriverait pas jusque-là. Chacun de ses anniversaires était une réussite inespérée.

Le père de Félix est lui aussi secrètement soulagé que son fils soit enfin délivré. Cependant, une chose le tracasse : comment Camille a-t-elle pu venir le chercher ? Daniel continue, toujours en pleurant :

— Elle a essayé de tuer la maîtresse de Félix-Olivier.

— Qui ça ?

— Camille !!! Elle l'a poignardée !

— Quoi ? Mais... Comment ? Ça ne se peut pas, les fantômes ne peuvent pas poignarder quelqu'un...

— Je ne comprends rien moi non plus, Victor, je ne comprends rien.

L'homme recommence à pleurer à chaudes larmes. Victor l'étreint avec force.

Au même moment, Sabrina, la petite-fille de madame Langelier, qui vient de terminer son travail de nuit, entre dans la maison pour voir ce qui s'y passe. Elle n'est nullement surprise de découvrir les deux hommes en plein milieu de la cuisine : elle avait vu leurs voitures dans l'entrée. Elle les salue de la tête et demande, craintive :

— Est-ce que ma grand-mère va bien ?

Victor répond :

— Oui, elle dort. Elle a eu une grosse nuit...

Sabrina se doute que cette histoire concerne Félix-Olivier, mais elle ne ressent aucune émotion, comme d'habitude. C'est une protection qu'elle a depuis toujours, une façon de se couper du réel, et de l'autre monde également.

— Resterez-vous encore longtemps ? Parce que j'en profiterais pour aller faire des courses à Val-d'Or. Les magasins vont bientôt ouvrir.

Victor regarde l'heure. Il n'a pas l'intention de partir avant d'avoir reçu des explications.

— Tu as le temps, on va rester un moment.

La jeune femme, qui n'a toujours pas enlevé son manteau, tourne les talons et repasse la porte d'entrée en disant :

— Parfait. Merci !

La vérité, c'est que Sabrina veut éviter tout contact avec les activités surnaturelles de sa grand-mère, et ce, depuis la mort de Camille.

Daniel s'accoude au divan et laisse à nouveau tomber sa tête dans sa main. Tranquillement, ses sanglots reprennent, mais de manière plus calme, et quand les premiers rayons du soleil traversent la fenêtre de la maison, il s'endort. Victor s'assoit dans la grande chaise du salon, active le levier pour faire sortir l'appui-pieds et somnole lui aussi, le temps que ses deux amis reprennent des forces et lui expliquent tout en détail.

Il est près de 11 h quand la vieille femme sort de sa chambre, fripée. Victor en est à son troisième café, et Daniel boit son premier en silence. La femme marche avec difficulté et s'assoit sur une chaise près de la table, au centre de la cuisine.

Les deux hommes la regardent, attendant qu'elle prononce des paroles sages, comme le font si souvent les personnes âgées. Au lieu de ça, l'aînée annonce :

— N'attendez pas d'explications, je n'en ai pas. Il y avait tellement d'énergie dans cette école, rien n'était clair. Pour la première fois de ma vie, je me suis sentie réellement aveugle.

Daniel s'assoit avec elle à la table, alors que Victor reste debout.

— Est-ce que vous pensez que ma fille était là ? Que c'est elle qui a fait ça ?

— C'est possible.

— Qu'elle soit revenue chercher Félix, je comprends, mais pourquoi est-ce qu'elle a aussi tué la maîtresse ?

Victor sursaute :

— Quoi ? Simone est morte aussi ?

La vieille dame rectifie :

— On ne sait pas si elle est morte, mais elle était blessée. Gravement blessée.

Daniel répond :

— Je te l'ai dit, elle a été poignardée... avec un tournevis.

Victor s'agite, sa voix tremble :

— Mais un fantôme, ça ne peut pas poignarder les gens...

Madame Langelier fixe le sol et marmonne :

— Non, un fantôme, ça ne peut pas poignarder les vivants. Je ne sais pas comment elle a fait.

Daniel prend une gorgée de café, verse une larme. Victor suppose :

— C'est peut-être Félix qui l'a fait ?

Personne ne répond à ce commentaire. Il est peu probable qu'un enfant de cinq ans arrive à poignarder aussi violemment un adulte, mais comme il est encore moins vraisemblable qu'un fantôme le fasse, ça reste la supposition la plus plausible.

Victor empoigne son manteau et lance :

— Bon, eh bien, je ne pense pas que ça changera grand-chose qu'on reste ici pour se dire qu'on ne comprend rien.

On va attendre de voir si Simone s'en sort, et après, on trouvera bien une façon d'aller la questionner.

Daniel rétorque :

— Pour toi, ça ne change peut-être rien, mais la police va penser comme nous : un enfant de cinq ans ne peut pas faire ça, et encore moins un fantôme. Vers qui tu penses qu'ils vont se retourner ?

Victor s'immobilise.

— Tu penses que les soupçons vont se porter sur toi ?

— C'est moi qui étais là le premier, et sans vouloir vous vexer, madame Langelier, c'est certainement pas une vieille femme aveugle qui a fait le coup non plus. Et j'ai entendu les ambulanciers parler. Ça ne peut pas être Félix : ils ont dit qu'il était mort depuis plusieurs heures.

Daniel se tourne vers son amie et, d'une voix saccadée, il ajoute :

— Ça, ça veut dire que si on se fie aux dires des ambulanciers, Félix était déjà mort quand il a appelé.

Madame Langelier acquiesce d'un signe de tête et précise :

— Félix m'a contactée pour qu'on vienne sauver sa maîtresse. Il savait qu'elle était en danger.

Madame Langelier se masse la paume de la main avec son pouce. Cette explication est tout à fait plausible. Toute personne normale qui ne connaît rien au monde des esprits aurait du mal à y croire, mais selon la voyante, il n'est pas rare de recevoir des messages de la sorte. Les esprits utilisent souvent les appareils électriques et ceux qui fonctionnent grâce aux ondes pour tenter d'entrer en communication avec le monde des vivants, car ils sont eux-mêmes constitués du type d'énergie qui alimente ces objets. Un fantôme ne peut certainement pas poignarder une personne, mais il peut passer un coup de fil. Oui, même l'irrationnel a ses règles. La nonagénaire fait claquer son dentier avant de dire :

— On va prier pour que la petite maîtresse reste en vie pour t'innocenter, Daniel, et on va espérer qu'elle sera capable de tout nous raconter.

* * *

En salle d'opération, l'état de Simone finit par se stabiliser. Le chirurgien est prêt à la laisser sortir pour qu'on l'emmène en salle de réveil. La pauvre a eu l'utérus charcuté, on a dû le lui retirer, mais heureusement et mystérieusement, ses intestins ont été épargnés, ce qui a grandement facilité le travail du médecin. Les coups portés au pubis n'ont atteint « que » les organes reproducteurs.

La femme est conduite dans la salle de réveil, où la police la place en garde à vue. Dès qu'elle se réveillera, les agents qui la veillent en aviseront le responsable de l'enquête, qui viendra l'interroger. Le médecin traitant suggère aux policiers d'attendre en dehors de la salle, mais ces derniers insistent. La patiente a été victime d'une tentative de meurtre, et celui ou celle qui l'a agressée court toujours. Ils doivent la surveiller et recueillir sa déposition rapidement pour faire avancer l'enquête et s'assurer qu'elle n'est plus en danger.

À son réveil, Simone est agitée et son rythme cardiaque est rapide : elle est en état de choc. Les membres de sa famille ont été prévenus et sont à son chevet. La jeune femme est nerveuse, elle regarde dans tous les coins de la pièce. Elle demande si elle est là, si quelqu'un d'autre l'a vue.

Le médecin lui administre un calmant, pas trop fort. L'enquêteur devrait pouvoir poser ses questions et espérer avoir des réponses.

Une fois calmée, Simone peut enfin raconter au responsable de la police la nuit d'horreur qu'elle a passée dans l'école. Elle commence en disant qu'elle avait oublié son ordinateur et qu'elle est revenue à l'école pour le récupérer. Puis, elle explique que la porte était déverrouillée et qu'elle a découvert Félix-Olivier caché dans la tente. Elle raconte ensuite que la langue de l'enfant était intacte, puis elle décrit sa fuite dans l'école et les apparitions de la fille aux longs cheveux.

Consciente que son histoire est invraisemblable, Simone sent souvent le besoin d'ajouter « je vous jure », « vous ne me croirez pas, mais… » et « je sais que c'est fou, mais… ». Elle termine en décrivant la pression étrange venant du fantôme qui l'a poussée à s'enfoncer dans le bas-ventre le tournevis que Félix-Olivier lui avait remis.

L'enquêteur écoute sa version des faits, qu'il note par écrit. Il insiste souvent sur une chose et pose plusieurs fois la même question : « Vous êtes certaine que Félix-Olivier était avec vous à ce moment-là ? » L'homme revient aussi sur un détail :

— Vous dites avoir descendu les escaliers et avoir vu la femme dans la fenêtre de la porte, ce qui vous a forcée à continuer votre course dans le sous-sol. Durant tout ce temps, vous teniez l'enfant dans vos bras ?

— Oui, je voulais me sauver avec lui pour le protéger.

Le policier regarde ses notes et tourne les pages du dossier. Il a l'air embêté.

— Je sais que vous ne me croyez pas, c'est une histoire de fantômes, ça n'a pas de sens, je le sais, mais c'est la vérité.

— En fait, madame Jacob, ce qui m'embête le plus, c'est que vous affirmez que Félix-Olivier était avec vous ce soir-là.

— Évidemment qu'il était avec moi, c'est à cause de lui que tout est arrivé. Sinon, j'aurais pris mon ordinateur et je serais repartie.

— Je sais tout ça, mais on estime que l'enfant est décédé entre 13 h et 14 h. Quand les policiers ont trouvé son corps, il était mort depuis au moins sept heures, alors que dans votre histoire, il est vivant. De plus, lors de l'autopsie, le médecin légiste a constaté que la langue de l'enfant était bel et bien mutilée, alors que dans votre version, sa langue est intacte. Pouvez-vous me redire, madame Jacob, à quelle heure déjà vous avez quitté l'école et pourquoi vous y êtes revenue ?

Simone reste muette pendant un long moment. Sa tête refuse de réfléchir : elle lui renvoie en boucle des images nettes de Félix-Olivier avec elle dans l'école. Puis, l'enseignante se souvient du pantalon souillé de l'enfant. C'est une preuve évidente. Avec l'ADN, ils verront bien que c'est l'urine de l'enfant qui se trouve dans le sac de plastique. Donc, il était vivant. Elle parle de ce vêtement au policier, mais ce dernier affirme que le corps de Félix-Olivier baignait dans l'urine et qu'ils ont bel et bien trouvé un sac avec un pantalon à l'intérieur, mais qu'il ne présentait aucune trace d'urine.

Simone ne sait plus quoi dire. Son cœur s'emballe, et elle commence à s'agiter.

— Je ne suis pas folle ; je vous ai raconté exactement ce qui s'est passé.

— Écoutez, madame Jacob, je ne dis pas que vous êtes folle. Cependant, votre version ne correspond pas à celle de monsieur Turcotte. Il dit vous avoir aperçue en train de courir dans l'escalier. Selon lui, à ce moment-là, vous étiez seule ; vous ne teniez pas Félix-Olivier dans vos bras comme vous le dites dans votre témoignage.

— Ce n'est pas possible. Je n'étais pas seule. Je n'ai jamais été seule.

Les larmes coulent sur les joues de Simone, qui arrive encore à se contrôler un peu grâce au calmant qu'on lui a administré. L'agent poursuit :

— Il y a autre chose.

— Quoi ?

— Vous dites être revenue pour chercher votre ordinateur.

— Oui.

— Mais nos agents ont trouvé votre portable sur le siège du passager dans votre voiture.

— Impossible, j'ai regardé dans ma voiture, il n'y était pas.

— Vous en êtes certaine ?

C'en est trop pour Simone, qui tombe dans un état de transe colérique. Elle gémit, elle grogne, elle crie. L'enquêteur recule de quelques pas. Une infirmière vient ajuster le calmant intraveineux, et Simone s'apaise. L'infirmière se tourne vers le policier.

— Vous allez devoir revenir un autre jour, elle va dormir pour un bon moment.

CHAPITRE 14

LA « RÉMISSION »

Le corps de Simone se rétablit vite, mais les blessures ont laissé des séquelles permanentes. Elle ne pourra jamais avoir d'enfant, ce qui, selon le médecin, est le moins grave des scénarios, car les coups auraient pu endommager bien plus que son utérus. Simone se remet donc sur pied assez rapidement, mais son état mental, lui, est instable. Le médecin et les policiers ont beau lui répéter qu'il est impossible que Félix-Olivier et elle aient été en contact dans l'école le soir du drame, Simone reste catégorique et ne modifie pas sa version des faits. Elle pique des crises chaque fois qu'on lui suggère une autre théorie.

Elle obtient quand même son congé de l'hôpital de Val-d'Or, mais ses proches s'assurent de lui prendre un rendez-vous en psychiatrie au centre hospitalier de Malartic.

L'enquête policière conclut que le petit Félix-Olivier Turcotte s'est lui-même enlevé la vie. Aucune trace de violence n'a été observée sur son corps, et un sac d'attaches en plastique semblables à celle qui lui a servi le soir du drame a été retrouvé sous le lit de l'enfant, dans son foyer d'accueil. De plus, l'état mental instable de Simone incite l'enquêteur à présumer que celle-ci s'est elle-même infligé ses blessures, puisque seules ses empreintes et celles du concierge ont été retrouvées sur le tournevis. Le responsable de l'entretien ménager était à une fête de Noël ce soir-là, plusieurs témoins peuvent le confirmer, il n'était donc pas à l'école. Toutes ces évidences ralentissent l'ardeur des responsables de l'enquête, qui décident de laisser à Simone Jacob le temps de retrouver la raison.

En consultation psychiatrique, on lui diagnostique un syndrome de stress post-traumatique. Le corps médical et la police semblent croire que lorsque l'enseignante a trouvé le corps de l'enfant sans vie, elle est tombée dans un délire psychotique, qui expliquerait sa version improbable de l'histoire.

Depuis sa sortie de l'hôpital, Simone s'enferme dans un mutisme volontaire. Elle refuse de voir ses amies. Même Alexandre ne reçoit aucune réponse à ses appels ou à ses messages. Toutes ses journées, Simone les passe couchée dans son lit à dormir.

Ce matin, son père vient la chercher pour la conduire à son rendez-vous chez son psychiatre. Dès qu'il entre dans la maison, une odeur d'ordures lui monte au nez. L'homme trouve sa fille toujours en pyjama, couchée dans son lit. Elle est sale, elle empeste et ne va visiblement pas bien. Simone a recouvert le miroir de sa chambre d'un drap ; les rideaux sont fermés, et la maison est aussi noire que les idées de sa propriétaire.

— Simone, je suis inquiet pour toi. Ça fait combien de temps que tu ne t'es pas lavée ?

Sa fille ne répond pas.

— Va au moins prendre une petite douche avant ton rendez-vous.

C'est presque de force que le père réussit à conduire sa fille dans la salle de bain, où il constate que le miroir a été cassé. Il a beau poser des questions à Simone, cette dernière ne parle pas.

Plus tard, à l'hôpital, monsieur Jacob demande à parler au psychiatre de sa fille pour lui décrire la situation. Ce dernier décide de mettre sa patiente sous tutelle.

Le père est soulagé d'apprendre que Simone va habiter avec lui, et il est résolu à participer à son processus de guérison. Mais il a beau tout essayer, sa fille est prisonnière de la nuit du 22 décembre. Dans sa tête, elle repasse en boucle les événements, à la recherche de réponses. Son état dépressif est persistant et inquiétant.

Chacun de ses rendez-vous médicaux se déroule de la même façon : c'est le silence radio, Simone ne parle plus. L'année 2006 est sur le point de commencer, et la jeune femme a des pensées de plus en plus sombres, mais ça, personne ne le sait, puisqu'elle reste muette.

Un matin, alors qu'elle est dans le bain, dans la maison de son père, Simone fixe le mur, à la recherche d'une émotion positive. Depuis qu'elle a appris qu'elle est infertile, la femme n'arrive plus à penser à autre chose. À l'intérieur d'elle, une petite voix lui chuchote que ce n'est pas la fin du monde et que comprendre ce qui s'est réellement passé le soir du 22 décembre serait plus important. Mais Simone en revient toujours à la même réflexion : elle ne peut pas avoir d'enfant et elle n'a plus envie de vivre.

Fatiguée de lutter contre elle-même, Simone abandonne. Elle empoigne le verre sur le comptoir à côté du lavabo et le fracasse dans le fond du bain pour éviter que le bruit du verre brisé attire son père. Elle utilise un morceau tranchant pour se couper les veines. Des larmes coulent sur ses joues, car ce n'est pas ce qu'elle veut réellement. Du sang coule sur ses mains, mais, malgré la douleur, quelque chose la pousse à continuer.

Inquiet du temps que sa fille passe dans la salle de bain, le père de Simone vient frapper à la porte pour s'assurer que tout va bien.

— Simone, ça fait longtemps que tu es là, est-ce que tout va bien ?

Évidemment, le père se doute qu'il ne recevra aucune réponse de sa fille, puisque cette dernière refuse encore de parler. Cependant, chaque jour, il continue de faire comme si de rien n'était, espérant contre toute attente qu'elle lui adressera la parole.

Miraculeusement, ce jour-là, la fille répond enfin à son père. Par contre, ce qu'elle dit n'a rien de rassurant.

— Au secours, papa...

D'un coup d'épaule, l'homme défonce la porte. En entrant dans la salle de bain, il trouve sa fille nue, baignant dans son sang. Il crie :

— Non ! Simone ! Pourquoi t'as fait ça ?

Simone pleure :

— Je ne voulais pas, papa, je ne voulais pas.

Le père ouvre l'armoire et prend une serviette dans laquelle il enveloppe sa fille, qu'il sort du bain. Puis, il utilise deux autres serviettes pour panser ses poignets mutilés et il compose le 911.

Heureusement, une fois à l'hôpital, l'hémorragie est rapidement maîtrisée, et Simone est tirée d'affaire. Mais cette tentative de suicide lui vaut un internement à l'hôpital de Malartic, où elle est officiellement admise peu après le jour de l'an 2006.

Pendant son internement, Simone recommence enfin à parler. Son psychiatre vient lui rendre visite plusieurs fois par semaine.

— Bonjour, Simone. Comment vas-tu aujourd'hui ?

— Aussi mal qu'hier.

— Est-ce que tu sais ce qui t'empêche d'aller mieux ?

— Je l'ai déjà dit.

— Peux-tu me le répéter ?

— Quelque chose me force à mourir.

— Tu ressens encore ce désir de mettre fin à tes jours ?

Simone est placide, sans émotion ni intonation dans la voix.

— Toujours.

— Même avec tes nouveaux médicaments ?

— Oui. Cette chose veut me tuer.

— Cette chose ?

— Oui, cette chose en moi.

Simone s'exprime sur un ton monotone, en fixant le mur.

— Je vous ai déjà tout expliqué. Mais vous ne me croyez pas. Vous ne m'aidez pas, vous ne me comprenez pas. Personne ici ne me comprend. Vous avez tout faux. Vous ne comprenez rien.

Le médecin, calme et professionnel, lance cette phrase banale qu'il répète trop souvent dans une journée :

— Peux-tu m'aider à te comprendre, alors ?

Simone le regarde sans répondre. Elle se revoit à la rencontre de parents, devant Victor qui s'énerve. Elle s'entend demander la même chose à la famille Turcotte. Maintenant, elle sait qu'elle ne pouvait pas comprendre. Elle aurait dû laisser cette famille tranquille.

— Fais-tu encore ces rêves où tu tentes de mettre fin à tes jours ?

— Toutes les nuits.

— Et ça te fait toujours le même effet ?

— Oui, j'adore cette sensation de mourir.

— Veux-tu mourir ?

— Je vais mourir.

— Comment ?

— Je ne le sais pas, mais elle va trouver un moyen de me tuer. Je ne peux pas avoir d'enfant, je ne sers à rien. Je dois mourir.

— C'est le fait d'être infertile qui te donne envie de mourir ?

Simone se raidit et crie. Le médecin sursaute malgré lui.

— VOUS NE COMPRENEZ RIEN ! JE NE VEUX PAS MOURIR ! ELLE VA ME TUER !

— Qui ça ? La mère de Félix-Olivier, celle qui t'a forcée à t'enfoncer le tournevis dans le ventre ?

À nouveau calme, Simone reprend son air désintéressé.

— Je ne sais pas. Peut-être, je ne sais pas.

La patiente finit par craquer et se met à pleurer. Elle délire, comme chaque fois que son médecin tente de lui parler.

Son état mental est tellement préoccupant qu'elle est confinée dans une chambre d'isolement, sous surveillance constante et sans aucun moyen d'assouvir son désir d'en finir.

Les jours se suivent et se ressemblent. Simone ne veut pas mourir, mais elle lutte tout de même, chaque minute, avec l'idée de mettre fin à sa vie. Un midi, un aide-soignant dépose un bout de papier sous son bol de soupe.

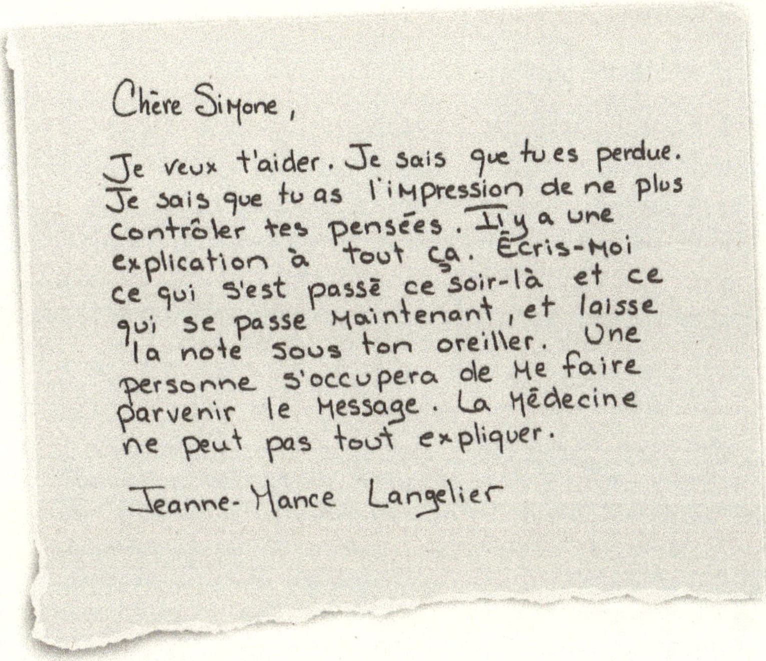
Chère Simone,

Je veux t'aider. Je sais que tu es perdue. Je sais que tu as l'impression de ne plus contrôler tes pensées. Il y a une explication à tout ça. Écris-moi ce qui s'est passé ce soir-là et ce qui se passe maintenant, et laisse la note sous ton oreiller. Une personne s'occupera de me faire parvenir le message. La médecine ne peut pas tout expliquer.

Jeanne-Mance Langelier

Autant Simone a craint la famille Turcotte et madame Langelier par le passé, autant elle sent maintenant qu'eux seuls peuvent l'aider. Cette lettre lui redonne une lueur d'espoir. Enfin, quelqu'un écoutera peut-être sa version. Ce soir-là, elle obtient la permission d'avoir un crayon, mais on ne lui accorde qu'un crayon de cire, en arguant qu'un stylo, pointu et dur, pourrait être dangereux.

Madame Langelier,

Je ne vais pas bien. J'ai peur, j'ai froid, j'ai mal, et même si je ~~pense~~ ne veux pas mourir, <u>chaque jour</u>, je pense à m'enlever la vie. Le soir du 22 décembre, je jure que j'ai tenté de sauver Félix-Olivier de sa mère qui ne voulait pas nous laisser sortir de l'école. Je vous assure aussi que le petit avait la langue intacte et qu'il me parlait. Il m'a dit que c'était sa mère qui était venue le chercher pour l'amener à l'école. Il m'a aussi confié que j'étais là pour le sauver et que je ne devais pas avoir peur. Cette journée-là, quand je vous ai parlé au téléphone, j'avais vu le fantôme de cette femme, mais je n'y croyais pas encore. J'ai compris aujourd'hui que cette apparition concorde avec l'heure de la mort de Félix-Olivier. Si j'avais regardé dans la tente, j'aurais pu le sauver. C'est de ma faute, j'aurais pu le sauver et je n'ai rien fait.

Pourquoi Félix-Olivier m'a-t-il dit que je devais le sauver s'il était déjà mort? Pourquoi la femme en blanc m'a-t-elle forcée à me poignarder, si ce n'était pas pour me tuer? Qu'est-ce que cette mère et son fils ont fait de moi? Vous devez m'aider, car je sens que mon heure approche. Chaque minute, je lutte contre l'idée de me suicider, même si, au fond de moi, je ne veux pas mourir.

Qu'est-ce qu'ils ont fait de moi?

Simone

La lettre parvient à la clairvoyante le lendemain. Quand la femme se la fait lire par sa petite-fille, ses doutes se confirment. Elle sait maintenant ce qui s'est passé et elle comprend le plan de Camille. Mais comment tout expliquer à Simone sans lui enlever le goût de la vie? Comment lui dire qu'elle porte en elle le mal dont Félix-Olivier a hérité à sa naissance?

Pour madame Langelier, tout est évident. En mettant fin à ses jours, l'enfant a libéré le mauvais esprit, qui a envahi le corps qui se trouvait le plus près au moment de son décès, celui de Simone. Camille savait que cet esprit allait tenter de se reproduire, puisqu'il l'avait fait avec elle en envahissant son fils. Son but ultime était de libérer l'enfant en utilisant l'enseignante, tout en neutralisant l'esprit du mal avant que ce dernier avale complètement son fils.

Maintenant, Simone porte en elle le malin, qui la consumera jusqu'à sa mort. Mais, coincé dans un corps infertile, il semble que l'esprit cherche à se libérer plus tôt que prévu. Ne pouvant se reproduire, le parasite se sent emprisonné.

À force de réflexion, la femme en vient aussi à envisager l'idée que l'esprit qui hantait Félix-Olivier avait comme dessein de s'en libérer. C'est connu, les parasites préfèrent les corps de femmes, car en se reproduisant, le mal gagne en puissance.

Dans cette optique, il se pourrait que Camille, sachant que son fils était voué à la mort dès lors que l'esprit en aurait assez de lui, ait préféré prendre le contrôle de la situation en le forçant à occuper le corps de Simone, qu'elle a, tout de suite après, forcée à se mutiler.

La vieille femme sait qu'elle n'aura jamais la réponse précise à ses questions et qu'elle ne peut que faire des hypothèses. Cependant, une chose lui paraît évidente, c'est que Camille s'est assurée que Simone ne pourrait pas se reproduire afin d'arrêter le mal. Et actuellement, ce parasite tente de se libérer du corps de Simone, qui lutte pour rester en vie.

La vieille dame demande à sa petite-fille de reprendre le crayon et adresse un nouveau message à Simone.

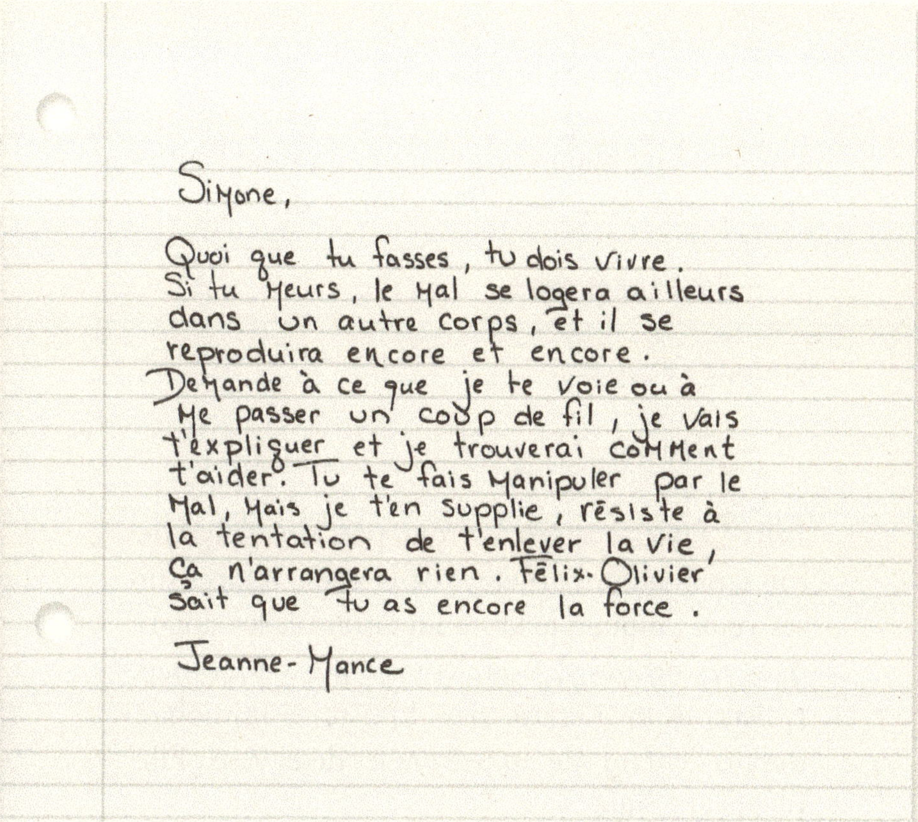
Simone,

Quoi que tu fasses, tu dois vivre. Si tu meurs, le mal se logera ailleurs dans un autre corps, et il se reproduira encore et encore. Demande à ce que je te voie ou à me passer un coup de fil, je vais t'expliquer et je trouverai comment t'aider. Tu te fais manipuler par le mal, mais je t'en supplie, résiste à la tentation de t'enlever la vie, ça n'arrangera rien. Félix-Olivier sait que tu as encore la force.

Jeanne-Mance

La nuit avant de recevoir la réponse de madame Langelier, Simone fait un rêve. Dans son cauchemar, elle est dans sa classe, devant ses élèves assis en rond sur le grand tapis. Félix-Olivier lève la main, et elle lui donne le droit de parole. L'enfant s'approche d'elle et lui tire le bras pour qu'elle s'accroupisse. Il lui souffle ensuite à l'oreille :

— Il est à l'intérieur de toi, tu dois le garder pour toujours.

— Qu'est-ce qui est à l'intérieur de moi, mon minou ?

Léa lève une main enthousiaste. Simone l'autorise à parler, et la petite blondinette dit :

— C'est lui qui est coincé.

Simone s'énerve :

— Qui est coincé ?

Félix-Olivier s'approche tout près du visage de son enseignante et met ses deux petits pouces sur ses yeux. Simone le laisse lui enfoncer les doigts dans les orbites. La douleur est puissante, mais la femme ne s'écarte pas. Elle reste immobile devant l'enfant qui lui perfore les deux yeux. Elle pleure et gémit.

— Pourquoi tu fais ça, mon minou ?

— Comme ça, il ne peut plus voir et il ne peut plus te faire mal.

Simone se réveille en sueur au milieu de la nuit. Dans le coin de sa chambre, elle la voit. La fille à la blouse blanche est là, devant elle : Camille. Simone réalise qu'elle porte exactement la même tenue qu'elle, et qu'avec ses cheveux détachés qui pendent de chaque côté de son visage, elle lui ressemble plus que jamais.

Affolée, la patiente de l'hôpital se recroqueville dans son lit. Elle veut crier, mais au lieu de ça, elle se mord la langue en gémissant. Des larmes de douleur et de peur coulent sur ses joues. Devant elle, Camille s'enflamme, son corps se consume, sa peau tombe en lambeaux. Paniquée, Simone mord de plus en plus fort sa langue.

Une patiente dans une autre chambre se met à chanter. Sa voix résonne dans l'aile psychiatrique, reprenant les paroles d'une chanson d'Édith Piaf: « Non, rien de rien, non, je ne regrette rien… » La femme chante à tue-tête, pendant que Simone n'arrive même plus à bouger son corps. Figée en position fœtale, les genoux recroquevillés près de son corps, elle tente de se protéger de l'apparition menaçante dans sa chambre.

La femme aux longs cheveux et à la blouse blanche a maintenant une apparence de grande brûlée. La peau de son visage fond, ses cheveux ne sont plus qu'à quelques centimètres de sa tête, et son crâne est totalement à vif à plusieurs endroits. Simone a tellement peur que son cœur menace de se fendre en deux. Elle réussit à bouger ses bras aussi tendus que deux planches de bois. Elle ramène ses mains sur ses yeux, espérant faire disparaître cette vision.

Ce faisant, elle s'enfonce les pouces dans les yeux et, comme Félix-Olivier dans son rêve, elle pousse sur ses orbites jusqu'à ce qu'elle sente un liquide chaud couler sur ses joues. Dans sa bouche, un goût de sang chaud la fait déglutir à plusieurs reprises et cracher la moitié de sa langue, qu'elle vient de trancher avec ses dents. Simone retrouve enfin l'usage de ses cordes vocales et elle crie de douleur dans la nuit. Sa voix s'ajoute à celle de la chanteuse qui hurle ses dernières paroles : « Non, rien de rien, non, je ne regrette rien… Car ma vie, car mes joies, aujourd'hui, ça commence avec toi ! »

* * *

Quand Marco, l'aide-soignant, appelle madame Langelier pour lui raconter dans quel état on a retrouvé la fille de la chambre 329, la vieille dame ne peut pas retenir ses larmes.

Il ajoute que la patiente est maintenant sous sédation et ligotée. La vieille dame le remercie. Ce n'est pas la première fois que Marco lui transmet des informations à propos de ce qui se passe dans cet hôpital. Il a lui-même vu un de ses proches être libéré par madame Langelier ; il sait que cette dame peut apporter du secours là où la médecine et la science ne peuvent rien.

La vieille dame raccroche le combiné et reste près d'une heure dans le silence le plus total. Les yeux fermés, elle médite, à la recherche de réponses. C'est le son de sa radio qui la sort de sa transe. Une chanson d'Édith Piaf résonne dans le haut-parleur. « Avec mes souvenirs, j'ai allumé le feu. Mes chagrins, mes plaisirs, je n'ai plus besoin d'eux. Balayés les amours, avec leurs trémolos, balayés pour toujours, je repars à zéro. Non, rien de rien. Non, je ne regrette rien… Ni le bien qu'on m'a fait, ni le mal, tout ça m'est bien égal. »

La radio qui s'est allumée toute seule est un message. Dehors, un rire d'enfant résonne dans le jardin : c'est celui de Félix-Olivier. La voyante ferme à nouveau les yeux. Elle a maintenant tout compris… Mais c'est trop tard, toujours trop tard.

Il y a plus de vingt ans, la mère de Camille Turcotte a été possédée par un esprit squatteur, un être qui s'installe dans une enveloppe corporelle et qui en vole toute l'énergie jusqu'à en chasser l'âme occupante. Cet esprit s'est introduit ensuite dans son enfant, qu'elle a tenté d'entraîner avec elle dans la mort, mais sans succès. Cette petite fille, Camille, a grandi et, à son tour, sous l'emprise de cette chose, elle s'est reproduite afin de le rendre plus fort. Camille a décidé elle aussi de mettre fin à ses jours, en tentant d'emmener avec elle son enfant. Elle a choisi de s'immoler, sachant que l'esprit mauvais ne pourrait pas résister au feu. Mais le bébé a été sauvé, et c'est ainsi que Félix-Olivier est né, hanté par une entité prisonnière dans son corps de garçon. Madame Langelier a toujours cru que Camille était morte dans les flammes, ce qui aurait eu pour effet de détruire le squatteur ainsi que son âme à elle, mais tout porte à croire qu'elle a survécu aux flammes et succombé à ses blessures. Ça expliquerait que son âme ait survécu et qu'elle soit revenue chercher son fils.

En se suicidant, Félix-Olivier a libéré la force, qui s'est alors introduite dans l'être vivant le plus proche : Simone. L'âme de Camille, qui rôdait autour, s'est assurée que Simone ne pourrait jamais avoir d'enfant, et ce, dans le but de stopper la malédiction pour un certain temps. Aujourd'hui aveugle, muette et infertile, Simone sert de prison à l'âme tourmentée qui possède les Turcotte depuis trois générations. Tant que Simone restera en vie, elle l'empêchera de se loger dans un autre corps ; elle l'empêchera de gagner en énergie et de détruire d'autres vies. Tant que Simone restera en vie, les Malarticois seront en sécurité.

Sans le savoir, dans sa volonté de sauver Félix-Olivier, Simone s'est livrée comme appât. Aurait-elle pris la même décision si elle avait su que pour libérer cet enfant, elle connaîtrait un tel sort et resterait prisonnière de son enveloppe corporelle pour le reste de sa vie ?

* * *

Attachée à son lit d'hôpital, Simone se sent maîtresse de son corps. Elle contrôle son esprit et ses idées. Aveugle et muette, la femme est plongée dans son monde intérieur. Elle est dans un chalet qu'Alexandre et elle ont loué et dans lequel ils ont passé une nuit merveilleuse, même si, dans les faits, l'homme n'a jamais pu la revoir après la terrible nuit de la mort de Félix-Olivier. Elle est dans un monde où elle revient à l'école après les vacances de Noël et où elle retrouve tous ses élèves, y compris Félix-Olivier, qui parle et qui rigole comme les autres enfants de son âge. Dans le monde imaginaire de Simone, elle a adopté un bébé chat, et Léa et elle l'ont nommé Princesse.

Complètement coupée du monde extérieur, Simone n'entend plus son père qui vient lui rendre visite. Elle ne vit que pour elle-même. Dans son univers, Simone a rénové la maison de sa grand-mère, qu'elle a vendue par la suite pour aller vivre avec Alexandre et sa fille. Ainsi perdue dans ses songes éveillés, Simone trouve la force de vivre, car, quoi qu'il arrive, elle doit rester en vie.

FIN

ÉPILOGUE

Après le décès de Félix-Olivier dans son école, les rumeurs selon lesquelles le bâtiment était hanté se sont propagées à une vitesse folle (comme toutes les rumeurs qui naissent dans la ville). Les enfants ne voulaient plus aller à l'école, et les parents s'inquiétaient. À la suite de plusieurs rencontres avec le conseil d'établissement, la direction et les représentants de la commission scolaire, il a été décidé de déménager les élèves de l'école Renaud. Toutes les classes ont été réinstallées dans l'établissement voisin, l'école Saint-Martin. Le bâtiment délaissé est devenu un centre de loisirs que beaucoup de Malarticois refusaient de fréquenter après le coucher du soleil. Différents organismes y ont ouvert leurs bureaux, mais tous les ont fermés peu de temps après. Personne n'aimait être dans cet endroit.

À partir de 2001, monsieur Turcotte et madame Langelier ont travaillé sur un projet secret : celui de libérer la ville de cette force maléfique. Tous deux étaient convaincus qu'il fallait creuser le sol de la ville afin de libérer les âmes qui en étaient prisonnières depuis 1947. Mais comment convaincre la municipalité de rouvrir les souterrains de l'ancienne mine ? Une partie du secteur était condamnée depuis des années. Heureusement, le sol de la ville de Malartic était assez riche en or pour intéresser des investisseurs. Monsieur Turcotte a travaillé d'arrache-pied pour trouver une compagnie assez vorace pour prendre en charge le projet, car ce plan allait nécessiter de raser tout le quartier est de la ville.

Les actions de forage n'ont commencé qu'en 2005, trop tard pour épargner la vie de Félix-Olivier. Néanmoins, les études de sols ont révélé qu'un énorme gisement d'or dormait sous Malartic. Les investisseurs ont donc vu là une occasion de s'enrichir, et d'autres personnes ont espéré en finir une fois pour toutes avec la malédiction.

Ainsi, tout le quartier entourant le site de la East Malartic a été démoli, rasé ou déménagé.

L'école Renaud faisait partie du lot, et elle a été pulvérisée le 3 mars 2010. La plupart des maisons du quartier ont été déplacées, mais certaines ont plutôt été démolies, comme celle de William Aubin, qu'on disait hantée.

Établissements qui ont été démolis par la mine et rebâtis dans un nouveau secteur de la ville.
Référence : http://www.museevirtuel.ca/community-stories_histoires-de-chez-nous/ruees-vers-lor-malartic_gold-rush/histoire/nouveaux-commerces-entreprises-services/

Des rumeurs racontent qu'entre 2008 et 2010, plusieurs patients de l'aile psychiatrique de l'hôpital de Malartic sont mystérieusement décédés. Certains ont été victimes d'un anévrisme ou d'un arrêt cardiaque, d'autres sont tout simplement morts dans leur sommeil. Évidemment, l'hôpital reste discret à ce sujet, et rien n'a été confirmé par la direction. Certains racontent qu'en creusant le sol où les mineurs sont morts, la mine leur a permis de trouver enfin le repos. Leurs âmes ont ainsi pu se libérer de leur prison terrestre et des corps qu'elles hantaient. En ce qui concerne Simone, les histoires racontent qu'elle est entrée dans un coma spontané en 2018. Elle est devenue un corps sans âme. Sa famille l'aurait laissé s'éteindre en 2019 en débranchant le moniteur qui la maintenait en vie.

La même année, Jeanne-Mance Langelier s'est éteinte dans son sommeil, emportant avec elle des dizaines d'histoires surnaturelles inexplicables qu'elle n'a probablement jamais racontées à qui que ce soit. Sa petite-fille, Sabrina, a vendu la maison et s'est départie de tout ce qui avait appartenu à sa grand-mère. Elle habite maintenant quelque part dans les Laurentides.

Daniel Turcotte a lui aussi saisi l'occasion de déménager quand la mine lui a proposé de racheter sa propriété en 2008. Il habite maintenant sur le bord d'un lac à Val-d'Or.

Quant à Victor, il a racheté une vieille fermette entre Malartic et Rouyn-Noranda en 2007. Il y habite avec quelques animaux. Il n'est pas sur les réseaux sociaux et il vit en marge de la société, dans un monde qu'il connaît et qu'il contrôle.

En 2011, la ville a érigé un monument commémoratif en l'honneur des mineurs morts dans la tragédie de 1947, espérant ainsi mettre fin à la malédiction. Même si rien ne garantit que l'enfer des Malarticois soit réellement terminé, les dernières années semblent avoir été plus calmes. Certains mineurs qui travaillent de nuit racontent avoir aperçu des lueurs inexplicables sur le site, et d'autres avouent sentir à l'occasion une odeur de fumée alors qu'il n'y a pas de feu. Des personnes prétendent que c'est une façon pour les morts de ne pas être oubliés, et d'autres refusent de croire à ces rumeurs. N'essayez pas de questionner les habitants de cette petite ville sur leurs fantômes, car les Malarticois n'aiment pas vivre dans le passé. Ils regardent vers l'avant, toujours vers l'avant, puisque le passé est trop noir pour y voir clair. Leurs squelettes resteront à jamais dans le placard.

L'histoire de la ville de Malartic, isolée en Abitibi, ne sera jamais réellement comprise. Entre les rumeurs, les ouï-dire et les légendes, il revient à chacun de construire sa propre réalité, à la hauteur de ce qu'il est capable de tolérer.

À la mémoire de Félix-Olivier Turcotte et de Simone Jacob.

Peu de temps après la mort de sa grand-mère, à l'aube de l'an 2000, une jeune fille de seize ans est internée à l'hôpital psychiatrique. Son diagnostic : schizophrénie paranoïde. Pourtant, certaines personnes de la ville sont convaincues que l'adolescente n'est pas folle, que ce qui l'affecte n'a rien d'humain. Existerait-il quelque chose d'invisible à l'homme qui peut s'emparer de lui et détruire sa vie ? Enfermée entre les quatre murs de cet hôpital, que fera Camille quand elle constatera que sa vie ne lui appartient plus ? Pour quoi, ou plutôt pour « qui » vit-elle ?

ANNA CARITAS

Le retour de Marianne Roberts au prestigieux collège Anna Caritas semble avoir enclenché une série d'événements bizarres dans la petite ville de Saint-Hector. William Walker n'a jamais cru à ce genre de phénomènes. Pourtant, lorsque lui et ses amis décident d'interroger l'au-delà, ils réveillent quelque chose d'étrange dans la maison de Sabrina Viau, et bientôt, cette force surnaturelle semble s'attaquer à eux sans répit. Forcé d'admettre son impuissance face à l'ennemi invisible, William, accompagné de ses fidèles complices Anthony et Gabrielle, n'aura pas d'autre choix que de se tourner vers celle qu'il essayait d'éviter à tout prix : Marianne.

Tout commence par un meurtre bestial dans un parc d'attractions et sa vidéo virale. S'impose rapidement une terrible évidence : l'agresseur a succombé à une maladie infectieuse jamais vue, marquant le début d'une épidémie qui transforme les humains en monstres sanguinaires.
Un prof cannibale, des parents qui deviennent fous, un train qui explose, l'armée qui débarque… La fin du lycée risque d'être très différente de ce que Zachary, Camille et Dilkaram avaient imaginé.

À 16 ans, Isis évolue dans une société contrôlée. Étudiante à l'école de Sauvetage, elle rêve de sauver des vies, mais aussi d'une société plus ouverte, plus créative. Sa curiosité ne fait toutefois pas l'affaire des dirigeants, qui la voient comme un élément dangereux pour le maintien de l'ordre établi.